राग-विराग

राग-विराग

'फ़िराक़' गोरखपुरी

वाणी प्रकाशन

प्रकाशन के उत्कृष्टतम 61 वर्ष

vaniprakashan.com

सजिल्द पहला संस्करण : 1999
सजिल्द दूसरा संस्करण : 2001
सजिल्द तीसरा संस्करण : 2006
सजिल्द चौथा संस्करण : 2024

वाणी प्रकाशन

4695, 21-ए, दरियागंज, नयी दिल्ली-110 002

फ़ोन : +91 11 23273167, 23275710

शाखाएँ

अशोक राजपथ, पटना-800 004, बिहार

कॉफ़ी हाउस कैम्पस, महात्मा गांधी मार्ग, प्रयागराज-211 001, उत्तर प्रदेश

महात्मा गांधी अन्तरराष्ट्रीय हिन्दी विश्वविद्यालय, वर्धा-442 001, महाराष्ट्र

36/ए, शेक्सपियर सरणी, रानी बिरला गर्ल्स कॉलेज के पास, कोलकाता-700 017, प. बंगाल

sales@vaniprakashan.in
vaniprakashan@gmail.com

Rag-Virag
by Firaq Gorakhpuri

ISBN : 978-81-7055-676-3
Poems

मूल्य : ₹ 395

सिटी प्रेस, दिल्ली-110 095 में मुद्रित

वाणी प्रकाशन का लोगो मक़बूल फ़िदा हुसेन की कूची से

भूमिका

'राग-विराग' नामी इस संग्रह में उर्दू के कुछ ऐसे शृंखलाबद्ध या प्रबन्ध-काव्यों का संकलन किया गया है जो लाखों उर्दू पढ़नेवालों में मशहूर हो चुके हैं। प्रबन्ध-काव्य आमतौर से मसनवी के रूप में लिखे जाते हैं जिसमें हर दो पंक्तियाँ तुकान्त होती हैं। जब मुसलमान भारत में आए तो फ़ारसी साहित्य की चर्चा देशभर में फैली। फ़ारसी में मसनवी फ़िरदौसी के समय से ही छन्द-रचना का एक बहुत प्रिय और सुसंस्कृत अथवा अलंकृत माध्यम रही है। मलिक मुहम्मद जायसी के पद्मावत का साँचा और रूप फ़ारसी मसनवी के अनुसार है। पद्मावत ने तुलसीदास के रामचरित मानस को भी प्रभावित किया। निबन्ध काव्य ही नहीं, हिन्दी में तुकान्त कविता की परम्परा को मज़बूत बनाने में फ़ारसी कविता का बहुत बड़ा हाथ रहा है क्योंकि संस्कृत, पाली या चन्दबरदाई के रासो में हमें तुकान्त कविता नहीं मिलती या न मिलने के बराबर है। फ़ारसी भाषा और उसका शब्दकोश तुकान्त शब्दों या हमक़ाफ़िया अल्फ़ाज़ से मालामाल है। सैकड़ों शेर के क़सीदे एक ही तुक में कहे गए और एक-एक क़सीदे में सौ से भी अधिक एक ही तुक के शब्द लाए गए। उर्दू में फ़ारसी अरबी के हज़ारों तुकान्त शब्द तो आ ही गए अनेक हिन्दी शब्द भी जो फ़ारसी अरबी तुकान्त शब्दों से मेल खाते थे वे भी आ गए—जैसे आसमाँ-माँ-कहाँ, जहाँ-गुलसिताँ-बाग़बाँ इत्यादि इत्यादि। इसी तरह ज़मीं, कहीं, जबीं, तुम्हीं, उठीं इत्यादि।

मसनवी में क्रम या सिलसिले का क़ायम रहना बहुत ज़रूरी है, कभी-कभी यह इतना ज़रूरी है कि सैकड़ों पंक्तियों में अगर एक शेर बीच से काट दिया जाए तो मतलब ख़ब्त हो जाता है। मसनवी का विषय आमतौर से कोई कथा या कहानी होता है। कभी-कभी कथा या कहानी न होकर यह विषय नैतिक, आध्यात्मिक या प्रकृति-वर्णन तथा दृश्य-चित्रण होता है। इस

संग्रह में जो कविताएँ शामिल की गई हैं वे प्रायः छन्दबद्ध कहानियाँ हैं जिनकी शैली और शब्दावली की नर्मी, स्वाभाविकता, प्रवाह या रवानी, बयान की सफ़ाई, बन्दिश की चुस्ती, वर्णन-शक्ति और जिनका कथा-रस सबके सब बहुत रोचक हैं। कथा और वर्णन के सूक्ष्म अंशों को बेलाग हल्के-फुल्के ढंग से गूँथते चले जाना या बुनते चले जाना इन कविताओं की एक रोचक विशेषता है। जैसे भर्तृहरि ने एक ही पुस्तक में शृंगार, नीति और वैराग्य के विषयों पर श्लोकों की रचना की है इसी तरह 'राग-विराग' में प्रेम, रूप, वैराग्य, नीति, दृश्य-चित्रण, भाव और रस की धूप-छाँह सब चीज़ें आपको मिलेंगी। मनोरंजन, उपदेश, कहानी और सोच-विचार सब कुछ इन कविताओं में अनेक रंगों और प्रकारों से आपको नज़र आएँगे।

—**'फ़िराक़'**

ये कविताएँ कैसे पढ़ी जाएँ ?

जब इनमें से कोई कविता पढ़ना शुरू करें तो उसके छन्द के ताल-सम एवं झनकार और छन्द की लय को पकड़िए। इसका ध्यान रखिए कि छन्द की मात्राओं और छन्द के खटकों के अनुसार निम्नलिखित मात्राएँ कभी बढ़ाकर (दीर्घ स्वर से) कभी घटाकर (लघु या ह्रस्व स्वर से) पढ़ना ज़रूरी है–

आ, ई, ऊ, ए, ऐ, ओ, औ,

जहाँ इन्हें छोटा करके पढ़ना छन्द के अनुसार आवश्यक है वहाँ इनकी अलग से मात्रा गिनी नहीं जाती जैसे–'दोहरा' में 'ओ' की मात्रा गिनी नहीं जाती यानी यह शब्द पाँच मात्राओं का नहीं बल्कि चार मात्राओं का माना जाता है। 'द' के उच्चारण में ही 'ओ' का उच्चारण मिला दिया जाता है। ऐसा ही 'तेहरा' के उच्चारण में भी करना पड़ता है। मिसाल के तौर पर उर्दू की निम्नलिखित पंक्तियों को देखिए–

न कुछ हम हँसके सीखे हैं न कुछ हम रोके सीखे हैं
जो कुछ थोड़ा-सा सीखे हैं किसी के होके सीखे हैं

पहली पंक्ति में दो बार 'के' शब्द आया है और दोनों स्थानों पर यह शब्द एक मात्रा का है यानी 'ए' की मात्रा को ह्रस्व करके पढ़ना चाहिए। दूसरी पंक्ति में 'सा' में 'आ' की मात्रा ह्रस्व है और 'थोड़ा-सा' बराबर है 'थोड़ा-स' के। लेकिन पहली और दूसरी दोनों पंक्तियों में 'सीखे' में 'ए' की मात्रा दीर्घ है और दूसरी पंक्ति में 'होके' में 'के' की मात्रा ह्रस्व है।

तुम्हारी तहज़ीब अपने हाथों से आप ही ख़ुदकुशी करेगी
जो शाख़े-नाजुक पै आशियाना बनेगा नापायदार होगा

पहली पंक्ति में 'तुम्हारी' की 'ई' ह्रस्व, 'अपने' में 'ए' ह्रस्व, 'से' में

'ए' ह्रस्व, 'ख़ुदकुशी' और 'करेगी' में 'ई' और 'ए' दीर्घ। दूसरी पंक्ति में 'जो' में 'ओ' ह्रस्व, 'शाख़े' में 'ए' ह्रस्व, 'पै' में 'ऐ' ह्रस्व, 'बनेगा' में 'आ' ह्रस्व, 'ए' दीर्घ, बाक़ी शब्दों में हर स्वर दीर्घ।

'औ' की मात्रा कहाँ दीर्घ और कहाँ ह्रस्व करके पढ़नी चाहिए? ग़ालिब के इस मिसरे के–

क्या ख़ूब क़यामत का है गोया कोई दिन और

'और' शब्द में 'औ' की मात्रा दीर्घ है लेकिन ग़ालिब के इस शेर के–

तू और आराइशे-ख़मे-काकुल
मैं और अन्देशहाय दूर-ओ-दराज़

दोनों मिसरों के 'और' शब्द में 'औ' को ह्रस्व करके पढ़ना पड़ेगा। यहाँ और दो मात्रा का शब्द हो जाता है और 'आ' या 'का' के बराबर हो जाता है। 'ऊ' की मात्रा दीर्घ है लेकिन ग़ालिब के इस मिसरे के–

मैं हूँ और अफ़सुर्दगी की आरज़ू ग़ालिब कि दिल

'और' में 'औ' की मात्रा ह्रस्व है और 'हूँ' में 'ऊ' की मात्रा ह्रस्व है जिसे 'हुँ' पढ़ना चाहिए। 'ऐ' की मात्रा–

कन्या अब कामिनी है होने वाली
आँखों को नयन बनाने वाले दिन हैं

पहली पंक्ति में 'है' में 'ऐ' की मात्रा ह्रस्व है दूसरी पंक्ति में 'हैं' में दीर्घ है। 'बनाने' में 'ए' की मात्रा ह्रस्व है 'वाले' में दीर्घ। 'दिन हैं' में 'ए' की मात्रा दीर्घ है।

'यह' और 'वह' के शब्द जब उर्दू कविता में आते हैं तो प्रायः 'ह' का उच्चारण नहीं किया जाता और ये शब्द बोले जाते हैं–'ये' और 'वो'। 'ये' में 'ए' की मात्रा कभी ह्रस्व होती है कभी दीर्घ, और 'वो' में भी 'ओ' की मात्रा कभी ह्रस्व कभी दीर्घ।

हिन्दी के जितने छन्द हैं उन सब में उर्दू शायरी हो सकती है और एकाध छन्द छोड़कर सबमें सुन्दर-से-सुन्दर उर्दू शायरी हो चुकी है। इन छन्दों के अतिरिक्त उर्दू में अनेक ऐसे छन्दों का भी प्रयोग किया गया है जिनमें खड़ी बोली बहुत सुगम और स्वाभाविक रूप से ढल गई है। हिन्दी कवि यदि

इन छन्दों की ओर ध्यान दें तो हिन्दी और उर्दू एक-दूसरे के बहुत निकट आ जाएँगी।

आजकल प्रयोगवाद की एक फुलझड़ी हिन्दी कविता में कुछ लोगों ने छोड़ रखी है। इन लोगों ने प्रयोगवाद की जैसी मिसालें पेश की हैं उसे मैं 'झखमारवाद' कहता हूँ। 'ज़ंजीरें टूटती हैं'[1] नामक पुस्तक में आपको सच्चे प्रयोगवाद की कई एक सफलतम मिसालें मिलेंगी।

अत्फ़ और इज़ाफ़त

हमारी बोली में अधिक-से-अधिक शब्द तद्भव और देशज हैं। इन शब्दों के बाद जो शब्द सबसे अधिक हमारी बोली में घुल-मिल गए हैं वे फ़ारसी के शब्द हैं। फ़ारसी भी आर्यभाषा है और फ़ारसी के शब्द भी तत्सम् संस्कृत शब्दों के तद्भव रूप हैं। फ़ारसी के बाद हमारी बोली में लगभग एक हज़ार सरल और सुगम अरबी शब्द घुल-मिल गए हैं। तत्सम् संस्कृत शब्द हमारी बोली में सबसे कम हैं। उर्दू में फ़ारसी-अरबी शब्द अधिकतर फुटकर रूप में आते हैं। कुछ शब्दों के जोड़े होते हैं। संस्कृत और हिन्दी में ये जोड़े शब्द बिना किसी संयोजक के, समास के रूप में आते हैं जैसे—धन-धान्य, मान-मर्यादा। यहाँ तक कि जब एक शब्द संस्कृत या हिन्दी का हो और दूसरा फ़ारसी या अरबी का हो तब भी ये शब्द बिना किसी संयोजक के साथ-साथ आते हैं जैसे—धन-दौलत, इज़्ज़त-पानी, रंग-रूप, खेल-तमाशा, बाल-बच्चे, शादी-ब्याह। लेकिन तब जोड़े शब्दों में या समास के रूप में साथ लाए जानेवाले दोनों शब्द फ़ारसी या अरबी के हों तो 'ओ' का संयोजक बीच में लाया जाता है 'ओ' का अर्थ है 'और'। हम गंगा-जमुना कहते हैं लेकिन फ़ारसी में इसे 'गंग-ओ-जमन' कहते हैं, हम 'आग-पानी' कहते हैं, फ़ारसी में इसे 'आतिश-ओ-आब' कहते हैं, इस 'ओ' के संयोजक को 'अत्फ़' कहते हैं यानी संज्ञाओं को मिलानेवाला। इन कविताओं में अनेक स्थानों पर 'अत्फ़' का प्रयोग किया गया है। 'अत्फ़' का 'ओ' कभी ह्रस्व और कभी दीर्घ करके पढ़ा जाता है यह बात छन्द पर निर्भर है।

यों तो समास आठ तरह के होते हैं और इन सबमें जो विभक्तियाँ छिपी हुई हैं वह आठ तरह की होती हैं। समास के स्थान पर उर्दू कवि अक्सर 'इज़ाफ़त' का प्रयोग करते हैं जिसका सूचक 'ए' का अक्षर है जो कभी ह्रस्व

---

1. यह पुस्तक भी इलाहाबाद लॉ जर्नल प्रेस से प्रकाशित हुई है।

और कभी दीर्घ करके पढ़ा जाता है। इज़ाफ़त में शब्दक्रम बदल जाता है जैसे हृदय-पीड़ा को दर्दे-दिल कहेंगे, प्रेमी के हृदय-पीड़ा को दर्दे-दिले-आशिक़ कहेंगे। हिन्दी में इज़ाफ़तों के अर्थ करने का सीधा ढंग यह है कि पहले अन्तिम शब्द का अर्थ किया जाए और उसके बाद 'का' या 'के' लगाकर पहले आनेवाले शब्द का अर्थ किया जाए। इस तरह दर्दे-दिले-आशिक़ का अर्थ हुआ आशिक़ के दिल का दर्द। ग़ालिब के इस शेर की पहली पंक्ति में इज़ाफ़त और अत्फ़ दोनों की मिसालें साथ ही मिल जाएँगी--

क़ैदे-हयात-ओ-बन्दे-ग़म, अस्ल में दोनों एक हैं
मौत से पहले आदमी ग़म से निजात पाए क्यों

"अर्थात् जीवन का बन्धन और ग़म का बन्धन वास्तव में दोनों एक हैं इसलिए मौत से पहले आदमी को ग़म से मुक्ति या छुटकारा कैसे मिले।" पहली पंक्ति में 'क़ैदे और बन्दे' में 'ए' की मात्राएँ इज़ाफ़त हैं और दोनों को ह्रस्व पढ़ना चाहिए। 'ओ' का शब्द 'अत्फ़' है जिसका अर्थ है और। अत्फ़ को व करके न कभी लिखना चाहिए न कभी पढ़ना चाहिए। उपरोक्त पंक्ति में 'ओ' को भी ह्रस्व पढ़ना चाहिए। लेकिन छन्द के अनुसार इज़ाफ़त में 'ए' की मात्रा और अत्फ़ में 'ओ' की मात्रा दीर्घ करके भी पढ़ी जा सकती है।

अनुक्रम

मुनाजाते-बेवा

ख़्वाजा अलताफ़ हुसैन 'हाली' पानीपती

यह मसनवी कोई कथानक नहीं है बल्कि एक विलाप और वन्दना है जिसकी मिसाल उर्दू-हिन्दी साहित्य में ढूँढ़ने से भी नहीं मिलती। सफल उर्दू कविता प्रायः हमारी बोलचाल को साँचे में ढालकर रख देती है। इतनी सहज कविता करना बहुत कठिन काम है। हमारे देश में विधवाओं का जीवन कितना दुःखमय होता है और उसकी कल्पना कितनी करुण होती है इसकी मिसाल इस कविता में देखिए।

एक बात सोचने की है। पूरे भारत में हज़ारों बरस से विधवाओं का जीवन कितना दुःखपूर्ण रहा है यह एक खुली हुई बात है। हमारी संस्कृति की, हमारे सामाजिक जीवन की, हमारी सभ्यता की यह कितनी बड़ी कमज़ोरी है कि संस्कृत साहित्य में, पाली साहित्य में, अन्य प्राकृत साहित्यों में हिन्दी, गुजराती, मराठी, बंगाली, मैथिल और दक्षिणी साहित्यों में दो-चार सौ पंक्तियों की भी कोई कविता विधवा जीवन पर नहीं मिलती। 'हाली' पानीपती ने हमारी संस्कृति पर कितना बड़ा एहसान इस कविता को लिखकर किया है, हमारी चेतना को उसके दायित्व का कैसा ज्ञान कराया है इसका अन्दाज़ा इस मसनवी को बार-बार पढ़कर ही हो सकता है।

मैंने अभी यह कहा है कि उर्दू की सफल कविताएँ प्रायः साँचे में ढली हुई टकसाली बोली का नमूना होती हैं। इस बात पर बहुत कम लोगों का ध्यान गया है कि सरल भाषा और सहज शब्दावली मरियल भाषा नहीं होती, बड़ी सप्राण भाषा होती है। सहज भाषा में, अनेक शैलियों की सम्भावनाएँ छुपी हुई हैं। यह भी याद रहे कि सहज भाषा में अनेक सिलपट, फुसफुसी, बेजान, भदेस, नीरस शैलियों की सम्भावनाएँ भी छुपी रहती हैं। नवटंकी, भारत भारती, मधुशाला इत्यादि की भाषाएँ भी सरल हैं और यही हाल है

चाखे चौपदों का भी, लेकिन सरल भाषा के दोष में शैलियों की जिन और जैसी सम्भावनाओं की ओर मैंने इशारा किया है उनमें किन और कैसी सम्भावनाओं की पूर्ति हो सकी है इसका फ़ैसला साहित्य के ज्ञानी ही कर सकते हैं और इसका भी फ़ैसला कि 'हाली' की इस कविता और 'शौक़' की मसनवी 'ज़हरेइश्क़' या इस संकलन की दूसरी उर्दू कविताओं में शैली की कैसी सम्भावनाएँ पूरी हो रही हैं। मैं इतना ही कहकर चुप हो जाऊँगा कि सहज भाषा को प्रभावशील भाषा बनाना सबका काम नहीं है। जब तक एक खड़ी बोली की आत्मा, कवि की वाक्य-क्षमता में घुल-मिल न जाए तब तक सरल भाषा गँवारू भाषा होकर रहेगी।

'हाली' की यह कविता आप पढ़ते जाइए और इस बात का अन्दाज़ा लगाते जाइए या इस रहस्य को सोचते जाइए कि 'हाली' के सीने में कितना शरीफ़ दिल धड़क रहा है। 'हाली' की आत्मा कितनी निर्मल आत्मा है। 'हाली' के व्यक्तित्व में मनुष्यता और भारतीयता किस तरह कूट-कूटकर भरी हुई है। 'हाली' की चेतना की लहरों ने 'मुनाजाते-बेवा' को एक गंगाजली बना दिया है। किस रुद्धकंठ से यह पंक्तियाँ 'हाली' गुनगुनाते चले जा रहे हैं। बेवा पर ग़म का पहाड़ टूट पड़ता है लेकिन किस लिए—दिए हुए अन्दाज़ में, किस रोकथाम के साथ, किस धीरज के साथ, किस कलात्मक साधना का सबूत देते हुए यह कविता आगे बढ़ती है। हर शेर आँसू पी-पीकर कहा गया है। उर्दू की किसी कविता में भी स्वर की ऐसी नर्मी, ध्वनि की इतनी सरलता और मृदुलता, आवाज़ का इतना धीमापन हमें नहीं मिलता। यह कविता क्या है विधवा के दिल की धड़कनें हैं। विधवा के आँसू कितने पाक होते हैं, इसका पता 'हाली' की इस मसनवी से चलता है। मालूम होता है कि शबनम की तरह आँसू की कई हज़ार बूँदें इस कविता में बिखेरी हुई हैं और छन्द की कोमल हवाओं या नर्म झोंकों से वे बूँदें किस तरह थरथरा-थरथरा और जगमगा-जगमगा उठती हैं। वैधव्य की मूक-करुणा किस नर्मी से इस कविता में झंकृत हुई है।

मुनाजाते-बेवा

(एक विधवा की प्रार्थना)

ए सबसे अव्वल और आख़िर
जहाँ-तहाँ हाज़िर[1] और नाज़िर[2]
ए सब दानाओं से[3] दाना[4]
सारे तवानाओं[5] से तवाना[6]

ए समझे बूझे बिन सूझे
जाने पहचाने बिन बूझे
हवा से ऊँचे और परबत से
चाँद से और इस नीली छत से

सबसे अनोखे सबसे निराले
आँख से ओझल दिल के उजाले
ए अन्धों की आँख के तारे
ए लँगड़े लोगों के सहारे

नातियों से छोटों के नाती
साथियों से बिछुड़ों के साथी
नाव जहाँ की खेनेवाले
दुख में तसल्ली देनेवाले

जब, अब, तब तुझसा नहीं कोई
तुझसे हैं सब तुझसा नहीं कोई
जोत है तेरी जल और थल में
बास है तेरी फूल और फल में

हर दिल में है तेरा बसेरा
तू पास और घर दूर है तेरा
राह तेरी दुशवार[7] और सकड़ी[8]
नाम तेरा रहगीर[9] की लकड़ी

तू है ठिकाना मिसकीनों का[10]
तू है सहारा ग़मगीनों का[11]
तू है अकेलों का रखवाला
तू है अँधेरे घर का उजाला

लागू[12] अच्छे और बुरे का
ख़्वाहाँ[13] खोटे और खरे का
व्योपारी टोटे मारों का
गाहक मन्दे बाज़ारों का

सोच में दिल बहलानेवाला
विपता में याद आनेवाला

ए बेवारिस[14] घरों के वारिस !
बेबाज़ू बेपरों के वारिस
बेआसों की आस है तू ही
जागते सोते पास है तू ही

बसवाले हैं या बेबस हैं
तू नहीं जिनका वो बेकस हैं
साथी जिनका ध्यान है तेरा
दुसरायत[15] की वाँ नहीं परवा

दिल में है जिनके तेरी बड़ाई
गुनते हैं वह परबत को राई
बेकस का ग़मख़्वार[16] है तू ही
बुरी बनी का यार है तू ही

दुनिया दुखी यतीम और बेवा
तेरे ही हाथ इन सबका खेवा
तू ही डुबोए तू ही तिराए
तू ही यह बेड़े पार लँघाए

तू ही मरज़ दे तू हीं दवा दे
तू ही दवा-दारू में शफ़ा[17] दे
तू ही पिलाए ज़ह्र के प्याले
तू ही फिर अमरित ज़ह्र में डाले

तू ही दिलों में आग लगाए
तू ही दिलों की लगी बुझाए
प्यार का तेरे पूछना क्या है
मार में भी इक तेरी मज़ा है

ए रहमत[18] और हैबतवाले[19]
शफ़क़त[20] और दबाग़तवाले[21]
ए अटकल और ध्यान से बाहर
जान से और पहचान से बाहर

अक़ल से कोई पा नहीं सकता
भेद तेरे हुक्मों में क्या-क्या
एक को तूने शाद[22] किया है
एक के दिल को दाग़[23] दिया है

उससे न तेरा प्यार कुछ ऐसा
इससे न तू बेज़ार[24] कुछ ऐसा
हर दम तेरी आन नई है
जब देखो तब शान नई है

याँ पछुवा है वाँ पुरवा है
घर घर तेरा हुकम नया है
फूल कहीं कुम्हलाए हुए हैं
और कहीं फल आए हुए हैं

खेती एक की है लहराती
एक का हरदम ख़ून सुखाती
एक पड़े हैं धन को डुबोए
एक हैं घोड़े बेच के सोए

एक़ ने जब से होश सँभाला
पड़ा न उसको रंज से पाला
एक ने इस जंजाल में आकर
चैन न देखा आँख उठाकर

मेंह कहीं दौलत का है बरसता
है कोई पानी तक को तरसता
एक को मरने तक नहीं देते
एक उक्ता गया लेते-लेते

हाल ग़रज़ दुनिया का यही है
ग़म पहले और बाद ख़ुशी है
रंज का है दुनिया के गिला[25] क्या
तोहफ़ा[26] यही ले देके है याँका

याँ नहीं बनती रंज सहे बिन
रंज नहीं सब एक से लेकिन
एक से याँ रंज एक है बाला
एक से है दर्द एक निराला

घाव है गो नासूर की[27] सूरत
पर उसे क्या नासूर से निस्बत
तप[28] वही दिक़ की[29] शकल है लेकिन
दिक़ नहीं रहती जान लिए बिन

दिक़ हो वह नासूर हो–कुछ हो
दे न जो अब उम्मीद किसी को
रोज़ का ग़म सहे क्यों कर कोई
आस न जब बाक़ी रहे कोई

तू ही कर इन्साफ़ ए मौला
कौन है जो बेआस है जीता
गो कि बहुत बन्दे हैं पुरअरमाँ[30]
कम हैं मगर मायूस हैं जो याँ

ख़्वाह दुखी है ख़्वाह सुखी है
जो है इक उम्मीद उसको बनी है
खेतियाँ जिनकी खड़ी हैं सूखी
आस वो बाँधे बैठे हैं मेंह की

घाटा जिनका असाढ़ ही में है
सावन की उम्मीद उन्हें है
डूब चुकी है जिनकी अगैती
देती है ढारस उनको पिछैती

एक है इस उम्मीद पै जीता
अब हुई बेटी अब हुआ बेटा
एक को जो औलाद मिली है
उसको उमंग अब शादियों की है

रंज है या क़िस्मत में ख़ुशी है
कुछ है मगर इक आस बँधी है
ग़म नहीं उनको गो ग़मगीं हैं
जो दिल नाउम्मीद नहीं हैं

काल में कुछ सख़्ती नहीं ऐसी
काल में है जब आस समय की
सहल है मौजों से छुटकारा
जब कि नज़र आता है किनारा

पर नहीं उठ सकती वो मुसीबत
आएगी जिसके बाद न राहत[31]
शाद हो उस रहगीर का क्या दिल
मर के कटेगी जिसकी मंज़िल

उन उजड़ों को कल पड़े क्योंकर
घर न बसेगा जिनका जनम भर
उन बिछुड़ों का क्या है ठिकाना
जिनको न मिलने देगा ज़माना

अब यह बला टलती नहीं टाली
मुझ पै है जो तक़दीर ने डाली
आईं बहुत दुनिया में बहारें
ऐश[32] की घर-घर पड़ी पुकारें

पड़े बहुत बाग़ों में झूले
ढाक बहुत जंगल में फूले
गईं और आईं चाँदनी रातें
बरसों खुलीं बहुत बरसातें

पर न खिली हरगिज़ न खिलेगी
वह जो कली मुरझाई थी दिल की
आस ही का याँ नाम है दुनिया
जब न रही यह ही तो, रहा क्या

ऐसे बिदेसी का नहीं ग़म कुछ
जिसको न हो मिलने की क़सम कुछ
रोना उन बनवासियों का है
देस-निकाला जिनको मिला है

हुक्म से तेरे पर नहीं चारा
कड़वी मीठी सब है गवारा[33]
ज़ोर है क्या पत्ते का हवा पर
चाहे जिधर ले जाए उड़ाकर

तिनका एक और सात समन्दर
जाए कहाँ मौजों से निकलकर
क़िस्मत ही में जब थी जुदाई
फिर टलती किस तरह यह आई

आज की बिगड़ी हो तो बने भी
अज़ल[34] की बिगड़ी ख़ाक बनेगी
तू जो चाहे वह नहीं टलता
बन्दे का याँ बस नहीं चलता

मारे और न दे तू रोने
थपके और न दे तू सोने
ठहरे बन आती है न भागे
तेरी ज़बरदस्ती के आगे

तुझसे कहीं गर भागना चाहें
बन्द हैं चारों खूँट की राहें
तू मारे और ख़्वाह नवाज़े[35]
पड़ी हूँ मैं तेरे दरवाज़े

तुझी को अपना जानती हूँ मैं
तुझसे नहीं तो किससे कहूँ मैं
माँ ही सदा बच्चे को मारे
और बच्चा माँ-माँ ही पुकारे

ए मेरे ज़ोर और क़ुदरतवाले[36]
हिक़मत[37] और हुकूमतवाले
मैं लौंडी तेरी दुखियारी
दरवाज़े की तेरे भिखारी

मौत की ख़्वाहाँ[38], जान की दुश्मन
जान पै अपने आप अजीरन
अपने पराए की दुखियारी
मैके और ससुराल पै भारी

सह के बहुत आज़ार[39] चली हूँ
दुनिया से बेज़ार चली हूँ
दिल पर मेरे दाग़ हैं जितने
मुँह में बोल नहीं हैं उतने

दुख दिल का कुछ कह नहीं सकती
इसके सिवा कुछ कह नहीं सकती
तुझ पै है रोशन सब दुख दिल का
तुझसे हक़ीक़त[40] अपनी कहूँ क्या

ब्याह के दम पाई थी न लेने
लेने के याँ पड़ गए देने
खुशी में भी सुख पास न आया
ग़म के सिवा कुछ रास न आया

एक खुशी ने ग़म ये दिखाए
एक हँसी ने गुल ये खिलाए
कैसा था यह ब्याह निनावाँ[41]
ज्यों ही पड़ा उसका परछावाँ

चैन से रहने दिया न जी को
कर दिया मलियामेट[42] खुशी को
रो नहीं सकती तंग हूँ याँ तक
और रोऊँ तो रोऊँ कहाँ तक

हँसी से दिल बहलाऊँ क्योंकर
ओसों प्यास बुझाऊँ क्योंकर
एक का कुछ जीना नहीं होता
एक न हँसता भला न रोता

लेटिए गर सोने के बहाने
पाँयती कल है और न सिरहाने
जागिए तो भी बन नहीं पड़ती
जागने की आख़िर कोई हद भी

अब कल हमको पड़ेगी मरकर
गोर[43] है सूनी सेज से बेहतर
बात से नफ़रत काम से दहशत[44]
टूटी आस और बुझी तबीअत

आबादी जंगल का नमूना
दुनिया सूनी और घर सूना
दिन भयानक और रात डरानी
यों गुज़री सारी ये जवानी

बहनें और बहनेलियाँ[45] मेरी
साथ की थीं जो खेलियाँ[46] मेरी
मिल न सकीं जी खोल के मुझसे
खुश न हुईं हँस बोल के मुझसे

जब आईं रो धोके गईं वो
जब गईं बेकल होके गईं वो
कोई नहीं दिल का बहलावा
आ नहीं चुकता मेरा बुलावा[47]

आठ पहर का ये है जलापा[48]
काटूँगी किस तरह रँडापा
थक गई मैं दुख सहते-सहते
थम गए आँसू बहते-बहते

खुली न दिल की आग किसी पर
घुल गई जान अन्दर ही अन्दर
देख के जब जाना न किसी ने
जान को फूँका दिल की लगी ने

दबी थी भूबल[49] में चिनगारी
ली न किसी ने ख़बर हमारी
क़ौम में वो खुशियाँ ब्याहों की
शहर में वो धूमें साहों[50] की

त्योहारों का आए दिन आना
और सबका त्योहार मनाना
वह चैत और फागुन की हवाएँ
वो सावन भादों की घटाएँ

वह गर्मी की चाँदनी रातें
वह अरमान भरी बरसातें
किससे कहूँ किस तरह से काटीं
ख़ैर कटीं जिस तौर से काटीं

चाव के और खुशियों के समय सब
आते हैं खुश कल जान को है जब
रंज में हैं सामान खुशी के
और जलानेवाले जी के

घर बरखा और पिया बिदेसी
आइयो बरखा कहीं न ऐसी
दिन ये जवानी के कटे ऐसे
बाग़ में पंछी क़ैद हो जैसे

रुत गई सारी सर टकराते
उड़ न सकी पर होते साते[51]
किसी ने होगी कुछ कल पाई
मुझे तो शादी रास[52] न आई

आस बँधी लेकिन न मिला कुछ
फूल आया और फल न लगा कुछ
रह गया देकर चाँद दिखाई
चाँद हुआ पर ईद न आई

रुत बदली पर हुई न बरखा
बादल गरजा और न बरसा
फल की ख़ातिर बरछी खाई
फल न मिला और जान गँवाई

रेत में ज़र्रे देख चमकते
दौड़ पड़ी मैं झील समझ के
चारों खूँट नज़र दौड़ाई
पर पानी की बूँद न पाई

ए दीन[53] और दुनिया के मालिक
राजा और परजा के मालिक
बेपर और परदा के वाली[54]
ए सारे संसार के वाली

पूरब, पच्छिम, दक्खिन, उत्तर
बख़्शिश[55] तेरी आम है घर-घर
प्यास लगी है सबके लिए याँ
ख़्वाह हो हिंदू ख़्वाह मुसलमाँ

हो न अगर क़िस्मत ने कमी की
की नहीं बन्दी[56] तूने किसी की
च्यूँटा, कीड़ा, मच्छर, भुनगा
कछुआ, मेंढक, सीप, और घोंघा

सारे पंछी और पखोरू
मोर, पपीहा, सारस, पेरू
भेड़ और बकरी शेर और चीते
तेरे जिलाए हैं सब जीते

खुला है सब पर दर रहमत का
बरस रहा है मेंह नेमत[57] का
ख़ाक से तूने बीज उगाए
फिर पौदे परवान[58] चढ़ाए

सीप को बख़्शी तूने दौलत
और बख़्शा मक्खी को अमरत[59]
लकड़ी में फल तूने लगाए
और कूड़े पर फूल खिलाए

हीरा बख़्शा कान को तूने
मुश्क[60] दिया हैवान को तूने
जुगनू को बिजली की चमक दी
ज़र्रे को कुन्दन की दमक दी

दर से तेरे ए मेरे मौला
सब हैं निहाल[61] अदना और आला[62]
आम[63] है सब पर तेरी रहमत
हैं महरूम[64] मगर बदक़िस्मत

पेड़ हों छोटे या कि बड़े याँ
फ़ैज़[65] हवा का सब पे है यकसाँ[66]
जलते हैं जो हैं जलनेवाले
फलते हैं जो हैं फलनेवाले

जब हो अपनी ज़मीन ही कल्लर[67]
फिर इलज़ाम[68] नहीं कुछ मेंहपर
सबको तेरे इनआम[69] थे शामिल
मैं ही न थी इनआम के क़ाबिल

गर कुछ आता बाँट में मेरी
सब कुछ था सरकार में तेरी
थी न कमी कुछ तेरे घर में
नोन को तरसी मैं साँभर[70] में

राजा के घर पली हूँ भूकी
सदाबरत से चली हूँ भूकी
पहरों सोचती हूँ ये जीमें
आई थी क्यों मैं इस नगरी में

होने से मेरे फ़ायदा क्या था
किस लिए पैदा मुझको किया था
आन के आख़िर मैंने लिया क्या
मुझको मेरी क़िस्मत ने दिया क्या

नयन दिए और कुछ न दिखाया
दाँत दिए और कुछ न चखाया
जंदड़ी[71] दी और खुशी न बख़्शी
दिल बख़्शा दिल-लगी[72] न बख़्शी

रही अकेली भरी सभा में
प्यासी रही भरी गंगा में
चैन से जागी और न सोई
मैं न हँसी जी भरके न रोई

आके ख़ुशीसी चीज़ न पाई
जैसी आई वैसी न आई
खाया तो कुछ मज़ा न आया
सोई तो कुछ चैन न आया

फूल हमेशा आँख में खटके
और सदाफल गले में अटके
हो न सकी कुछ दिल से इबादत[73]
और न जमी कामों पै तबीयत

काम सँवारा कोई न याँका
और न किया धन्धा कोई बाँका
काम आया याँ कोई न मेरे
और न मैं काम आई किसी के

क़िस्मत ने जब से मुँह मोड़ा
आदमियों का हो गया तोड़ा
बाप और भाई, चचा-भतीजे
सब रखती हूँ तेरे करम से

पर नहीं पाती एक भी ऐसा
जिसको हो मेरी जान की परवा
नातियों में[74] शफ़क़त नहीं पाती
अपनों में अपनायत[75] नहीं पाती

घर है यह एक हैरत का नमूना
सौ घरवाले और घर सूना
जिसने ख़ुदा का ख़ौफ़[76] किया कुछ
आके कभी याँ पूछ लिया कुछ

सो ये ख़ुशी का दिल का है सौदा
ज़ोर किसी पर अब नहीं अपना
पर नहीं कुछ तक़सीर[77] पराई
अपनी ही क़िस्मत की है बुराई

चैन गर अपनी बाँट में आता
क्यों तू औरत ज़ात बनाता
क्यों पड़ते यह ग़म के पाले
क्यों होते औरों के हवाले

आठ पहर दुःख क्यों ये उठाते
जीते ही जी क्यों हम मर जाते
दुख में नहीं याँ कोई किसी का
बाप न माँ भाई न भतीजा

सच ये किसी साई की सदा थी
"सुख सम्पत का हर कोई साथी"

तेरे सिवा ए रहम के बानी[78]
कौन सुने यह रामकहानी
एक कहानी हो तो कहूँ मैं
एक मुसीबत हो तो सहूँ मैं

हाल न हो दुश्मन का ऐसा
मेरा नाज़ुक हाल है जैसा
कोई नहीं लागू[79] अब मेरा
बाप न भाई, सास न ससुरा

आँख में एक-एक के हूँ खलती
पर अपने बस मर नहीं सकती
माँ और बाप अज़ीज़[80] और प्यारे
बेकल हैं जीने से हमारे

रोके पलक नम[81] कर नहीं सकती
हँस के ग़लत ग़म कर नहीं सकती
रोइए तो सब रोते हैं घर के
रोने नहीं देते जी भर के

हँसिए तो हँसना ऐब है हमको
क्योंकि इलाही[82] काटिए ग़म को
गर ससुराल में जाती हूँ मैं
नहस-क़दम[83] कहलाती हूँ मैं

मैके में जिस वक़्त हूँ आती
रो रोकर हूँ सबको रुलाती
जब से ये दिन क़िस्मत ने दिखाया
तकता है जो है अपना-पराया

मेरा सदा हँसना और रोना
बैठना उठना जागना सोना
सोच में मेरे सारा घर है
मेरे चलन पर सबकी नज़र है

आपको हूँ हर वक़्त मिटाती
पहनती अच्छा मैं हूँ न खाती
जानती हूँ नाज़ुक है ज़माना
बात है इक याँ ऐब लगाना

मोती की सी आब[84] है इज़्ज़त
जाके नहीं आती फिर हुरमत[85]
मेंहदी मैंने लगानी छोड़ी
पट्टी मैंने जमानी छोड़ी

कपड़े महीनों में हूँ बदलती
इत्र नहीं मैं भूल के मलती
सुरमा नहीं आँखों में लगाती
बाल नहीं बरसों गुँधवाती

दो-दो चाँद नहीं सर धोती
अठवाड़ों कंघी नहीं होती
कान में पत्ते हाथ में कंगन
पहन चुकी सब जब थी सुहागन

पहुँचियों का अरमान नहीं अब
चूड़ियों का कुछ ध्यान नहीं अब
उड़ गईं सब दिल की वो तरंगें
चाव रहे बाक़ी न उमंगें

आपको[86] याँ तक मैंने मिटाया
पर दुनिया को सब्र न आया
बह्म[87] ने है एक-एक को घेरा
जब देखो तब ज़िक्र है मेरा

खींच चुका है मेरा मुक़द्दर
दाग़ बदी का मेरी जबीं[88] पर
मिल जाऊँ गर ख़ाक में भी मैं
बच न सकूँ तानों[89] से कभी मैं

सच अगले लोगों ने कहा है
"बद अच्छा बदनाम बुरा है"
जीने से घबरा गई हूँ मैं
इस दम से तंग आ गई हूँ मैं

यूँ न बुरी इस जान पै बनती
माँ मुझको ऐ काश न जनती
रहते हम अनजान बला से
दुनिया मुझसे मैं दुनिया से

ऐ बेआसरों के रखवैया !
ऐ डूबे बेड़ों के खिवैया !

कीजियो मेरी कश्ती बानी[90]
आ पहुँचा है डूबाओ पानी
अब तैरेगी तिराई तेरी
डूबी नाव दुहाई तेरी

ए अम्बर के चमकते तारो !
ए घर के दर और दीवारो !
ए जानी पहचानी रातो !
तनहाई[91] की डरानी रातो !

ए नेक और बद के दरबानो
देखती आँखो, सुनते कानो !
एक दिन इस गन्दी दुनिया से
जाना है मालिक के आगे

बोझ हैं वाँ सब तुलनेवाले
पत्रे सबके हैं खुलनेवाले
जब वाँ पूछ हो मेरी तेरी
तुम सब दीजो गवाही मेरी

मैं नेकी का दम नहीं भरती
पाकी[92] का दावा नहीं करती
क्योंकि ख़ता से बच सकता है
जिसने कच्चा दूध पिया है

ख़्वाह वली[93] हो ख़्वाह रिशी हो
इससे रिहाई नहीं किसी को
गिनूँ अगर मैं अपनी ख़ताएँ
है ये यक़ीं[94] गिनती में न आएँ

पर ये खुदा से डर के हूँ कहती
मुँह पै ये आए बिन नहीं रहती
ख़्वाह बुरी थी ख़्वाह भली मैं
बात से अपनी नहीं टली मैं

पड़ी थी जिस बेदर्द के पाले
हुई थी जिस बैरी के हवाले
नाम पै धूनी उसके रमाकर
आन को रक्खा जान गँवाकर

साथ न क़ौम और देस का छोड़ा
और न ख़ुदा के अहद[95] को तोड़ा
आए अगर दुनिया को न बावर[96]
अब मुझे कुछ दुनिया का नहीं डर

मेरा निगहबाँ[97] और रखवाला
सबसे बड़ा है जाननेवाला

ए ईमान के रखनेवाले !
ए नीयत के परखनेवाले !
मैं नहीं रखती काम किसी से
चाहती हूँ इन्साफ़ तुझी से

हुक्म पै चलती तेरे अगर मैं
चैन से करती उम्र बसर मैं
मानती गर मैं अक़्ल का कहना
मुझको न पड़ता रंज यह सहना

कुछ न अदालत का था डरावा
और न मज़हब का अटकावा
है दस्तूर यही दुनिया का
आपसे अच्छा नाम ख़ुदा का

लेकिन हठ प्यारों की यही थी
मर्ज़ी ग़मख़्वारों[98] की यही थी
अपने बड़ों की रीत न छूटे
क़ौम की बाँधी रस्म[99] न टूटे

हो न किसी से हमको निदामत[100]
नाक रहे कुन्बे में सलामत[101]
जान किसी की जाए तो जाए
आन में अपनी फ़र्क़ न आए

दम पै बने जो उसको सहूँ मैं
लोटती अंगारों पै रहूँ मैं
दर्द न हो दिल का. कहीं ज़ाहिर
चुपके ही चुपके काम हो आखिर

मर मिटूँ और कुछ मुँह पै न लाऊँ
जल बुझूँ और उफ़ करने न पाऊँ
घुट-घुटकर दम अपना गँवाऊँ
जल-जलकर आपेको बुझाऊँ

तुझ पै है रोशन ऐ मेरे मौला
वक़्त ये कैसा मुझ पै पड़ा था
बेड़ा था मँझधार में मेरा
चार तरफ़ छाया था अँधेरा

थाह थी पानी की, न किनारा
तेरे सिवा था कुछ न सहारा
शर्म इधर दुनिया की मुझे थी
फ़िक्र उधर उक़बा[102] की मुझे थी

रोकने थे हमले मुझे दिल के
था मुझे जीना ख़ाक में मिल के
नफ़्स[103] से थी दिन-रात लड़ाई
दूर थी नेकी[104] पास बुराई

जान थी मेरी आन की दुश्मन
आन थी मेरी जान की दुश्मन
आन सँभाले जान थी जाती
जान बचाए आन थी जाती

तै करने थे सात समन्दर
हुक्म ये था, हाँ पाँव न हो तर[105]
कोयला चारों खूँट था फैला
हुक्म यह था पल्ला न हो मैला

प्यास थी, लू थी और थी खरसा[106]
और दरिया से गुज़रना प्यासा
धूप की थी पाले पै चढ़ाई
आग और गन्धक की थी लड़ाई

दर्द अपना किससे कहूँ क्या था
आके पहाड़ एक मुझ पै गिरा था
नफ़्स से डर था मुझको बदी का
इसलिए हर दम थी यह तमन्ना[107]

मर जाऊँ या ज़िन्दा रहूँ मैं
तुझसे मगर शर्मिन्दा न हूँ मै
जान बला से जाए तो जाए
पर कहीं दीनी[108] बात न आए

की न किसी ने मेरी खुशी गो[109]
मैंने किया नाखुश न किसी को
बात किसी की मैंने न टाली
अपने ही दम पर सबकी बला[110] ली

जान न समझा जान को अपनी
दिया न जाने आन को अपनी
क़ौल[111] पै अपने जमी रही मैं
हुई न डाँवाँडोल कभी मैं

दिल थामा आपे को सँभाला
साँस तलक मुँह से न निकाला
और न अगर मैं करती ऐसा
क्योंकर करती और करती क्या

बन नहीं आती देस से भागे
कुछ नहीं चलती देस के आगे
कह गई सच एक राजकुमारी
''लाचारी परबत से भारी''

ए अच्छे और बुरे के भेदी !
खोटे के और खरे के भेदी !
छिपी ढकी के खोलनेवाले !
बुरी भली के तोलनेवाले !

भेद दिलों के जाननेवाले !
पाप और पुन के जाननेवाले !
ऐब और गुन सब तुझ पै हैं रोशन
पाप और पुन सब तुझ पै हैं रोशन

ऐब अपना तुझको जताना
है दाई से पेट छिपाना
मैं नहीं आख़िर पाक बदी से
बनी हूँ पानी और मिट्टी से

तूने बनाया था मुझे जैसा
चाहिए था होना मुझे वैसा
बस हमें जितना तूने दिया है
इससे सिवा क़ुदरत हमें क्या है

कान और आँखें हाथ और बाज़ू
जिन-जिन पर था याँ मुझे क़ाबू
सबको बदी से मैंने बचाया
सबको खुदी[112] से मैंने हटाया

उठते-बैठते रोका सबको
सोते जागते टोका सबको
हाथ को हिलने दिया न बेजा
पाँव को चलने दिया न टेढ़ा

आँख को उठने दिया न इतना
जिससे कि पैदा हो कोई फ़ितना[113]
कान को रक्खा दूर बला से
ऊपरी आवाज़ों की हवा से

रोक के यों और थाम के आपा
मैंने यह काटा अपना रँडापा
एक न सँभला मेरा सँभाला
था बेताब[114] जो अन्दरवाला

हाल करूँ मैं दिल का बयाँ क्या
हाल है तुझसे दिल का निहाँ[115] क्या
धूप थी तेज़ और रेत थी तपती
मछली थी एक उसमें तड़पती

जान न मछली की थी निकलती
और न सर से धूप ही टलती
गो दम भर इस दिल की लगी ने
ठंडा पानी दिया न पीने

तू है मगर इस बात का दाना
मैंने कहा दिल का नहीं माना
ज़ोर था मेरा दिल पै जहाँ तक
मैंने सँभाला दिल को वहाँ तक

थामना दिल का काम था मेरा
और थमाना काम था तेरा
पकड़े अगर तू दिल की ख़ता पर
मैं राज़ी हूँ तेरी रज़ा पर[116]

रख तकलीफ़ में या राहत में[117]
डाल जहन्नम या जन्नत में
अब न मुझे जन्नत की तमन्ना
और न ख़तरा अब दोज़ख़ का

आएगी जन्नत रास[118] कब उसको
जलने में जिसकी उम्र कटी हो
डर दोज़ख़ का फिर उसे क्या है
जिसने रँडापा झेल लिया है

पर तुझसे एक अर्ज़ है मेरी
रद न हो गर दरगाह में तेरी
जो क़िस्मत ने मुझको दिखाया
खुश नाखुश सब मैंने उठाया

मुझ नाचीज़ की है क्या ताक़त
जो मुँह पर कुछ लाऊँ शिकायत
उम्र बहुत-सी काट चुकी हूँ
यह दिन भी कट जाएँगे ज्यूँ त्यूँ

अपने लिए कुछ कह नहीं सकती
पर यह कहे बिन रह नहीं सकती
मैं ही अकेली नहीं हूँ दुखिया
पड़ी है लाखों पर यही बिपता

बस के बहुत याँ उजड़ गए घर
बन के हज़ारों बिगड़ गए घर
जलीं करोड़ों इसी लपट में
पद्मों[119] फुँकीं इसी मरघट में

बालियाँ[120] एक इक ज़ात की लाखों
ब्याहियाँ एक इक रात की लाखों
हो गईं आख़िर इसी अलम में[121]
काट गईं उमरें इसी ग़म में

सैकड़ों बेचारी मज़लूमें[122]
भोली, नादानें, मासूमें[123]
ब्याह से अनजान और मँगनी से
बने से[124] वाक़िफ़ और न बनी से

माओं से जो मुँह धुलवाती थीं
रो-रो माँग के जो खाती थीं
थपक-थपक थे जिनको सुलाते
घुड़क-घुड़क थे जिनको ख़िलाते

जिनको न शादी की थी तमन्ना
और न मँगनी का था तक़ाज़ा
ज़िनको न आपे की थी ख़बर कुछ
और न रँडापे की थी ख़बर कुछ

भली से वाक़िफ़ थीं न बुरी से
बिदा से मतलब था न बदी से
रुख़सत चाले[125] और चौथी को[126]
खेल तमाशा जानती थीं जो

होश जिन्हें था रात न दिन का
गुड़ियों का सा ब्याह था जिनका
दो-दो दिन रह-रह के सुहागन
जनम-जनम को हुईं बिरोगन[127]

दूल्हा ने जाना न दुल्हन को
दुल्हन ने पहचाना न सजन को
दिल न तबीयत, शौक़ न चाहत[128]
मुफ़्त लगा ली ब्याह की तोहमत[129]

शर्त से पहले बाज़ी हारी
ब्याह हुआ और रहीं कुँआरी
सैलानी जब बाग़ में आए
फूल अभी थे खिलने न पाए

फूल खिले जिस वक़्त चमन में
जा सोए सैलानी बन में
पीत न थी जब पाया पीतम
जब हुई मीत गँवाया पीतम

होश से पहले हुई मैं बेवा
कब पहुँचेगा पार यों खेंवा
ख़ैर से बचपन का है रँडापा
दूर पड़ा है अभी बुढ़ापा

उम्र है मंज़िल तक पहुँचानी
काटनी है भरपूर जवानी
शाम के मुर्दे का है यह रोना
सारी रात नहीं अब सोना

आई नहीं दुनिया में इलाही
ऐसी किसी बेड़े पै तबाही
आईं बिलकती गईं सिसकती
रहीं तरसती और फड़कती

कोई नहीं जो ग़ौर करे अब
नब्ज़ पै उनकी हाथ धरे अब
दुख उनका आए और पूछे
रोग उनका समझे और बूझे

चोट न जिनके दिल पै लगी हो
वह क्या जानें दिल की लगी को
बेदर्दों से पड़ा है पाला
तूही अब उनका है रखवाला

अपनी बीती है यह कहानी
अब यह धान रहे बिन पानी
ए ग़मख़्वार हर एक बेकसके[130]
हामी[131] हर आजिज़[132] बेकसके

है अपने आजिज़ बन्दों पर
प्यार तेरा माँ-बाप से बढ़कर
जिसने लगी में तुझको पुकारा
सामने तेरे हाथ पसारा

फिरा न ख़ाली इस चौखट से
गया न प्यासा इस पनघट से
किसको ज़माने ने है सताया
तू नहीं जिसके आड़े आया

उजड़े खेड़े[133] तूने बसाए
डूबे बेड़े तूने तराए
मज़लूमों की दाद को[134] पहुँचा
क़ैदियों की फ़रियाद को पहुँचा

बंजर मुल्क आबाद कराए
और बरवे[135] आज़ाद कराए
आम रीते रहमत जब ठहरी
दूर है फिर रहमत से तेरी

दाद हर एक मज़लूम को दे तू
और राड़ों की ख़बर न ले तू
औरत ज़ात का तनहा[136] जीना
हर दम ख़ूने-जिगर का पीना

घर बसने की आस न रहनी
सारी उम्र जुदाई सहनी
है वह बला जो सही न जाए
बिपता है जो कही न जाए

क़द्र उसकी या तू पहचाने
या जिस पर गुज़री हो वह जाने

ऐ ख़ाविन्द[137] ख़ुदावन्दों[138] के !
मालिक ख़ाविन्द और बन्दों के !
वास्ता अपनी ख़ाविन्दी का
सदक़ा अपनी ख़ाविन्दी का

तू ये किसी को दाग़ न दीजो
किसी को बेवारिस मत कीजो
कीजियो जो, कुछ तेरी ख़ुशी हो
राँड मगर कीजो न किसी को

मसनद, तकिया, इज़्ज़त, हुरमत
नौकर, चाकर, दौलत, हशमत[139]
चाँदी, सोना, नक़दी, ग़ल्ला
गहना, पाता, टूम[140] और छल्ला

साईं[141] बिन जो चीज़ है घर में
ख़ाक है सब औरत की नज़र में
दिल की ख़ुशी एक आस पै थी सब
सो वो हज़ारों कोस गई अब

फूल कुछ अब काँटों से नहीं कम
जन्नत भी हो तो है जहन्नम
बाग़ नज़र में उसकी ख़िज़ां[142] है
आँख में तारीक[143] उसकी जहाँ है

ऐश है उसके वास्ते मातम
ईद है उसके हक़ में मुहर्रम[144]
जिस दुखिया पै पड़े ये विपता
कर उसे तू पैवन्द ज़मीं का

या औरत को पहले बुला ले
या दोनों को साथ उठा ले
या ये मिटा दे रीत जहाँ की
जिससे गई परतीत यहाँ की

जिससे हुए दिल सैकड़ों बिस्मिल[145]
जिसने हज़ारों किए हैं घायल
जिसने कलेजे आग में भूने
जिसने भरे घर कर दिए सूने

ख़ौफ़ दिलों से खो दिए जिसने
शर्म से दीदे धो दिए जिसने
क़ौम की जिस बिन आन है जाती
देस की जिस पर जान हैं जाती

जिसने किए दिल रह्मसे ख़ाली
रीत है जो दुनिया से निराली
क़ौम से तू ये रीत छुड़ा दे
बन्दियों की बेड़ी ये तुड़ा दे

सह्ल और मुश्किल तुझको है यक्साँ
हमको है मुश्किल तुझको है आँसाँ
रंज और दुख क़ब्ज़े में है तेरे
चैन और सुख क़ब्ज़े में है तेरे

हिलते हैं पत्ते तेरे हिलाए
खिलते हैं गुंचे तेरे खिलाए
मुट्ठी में हैं तेरी हवाएँ
क़ाबू में हैं तेरे घटाएँ

तुझसे है दरियाओं की रवानी
तेरे बहाए बहते हैं पानी
झील, समन्दर, पर्वत, राई
कहने में है सब तेरे खुदाई

नाता, रिश्ता, निस्बत, शादी
सोग, रँडापा, क़ैद, आज़ादी
क़ौम की रीतें देस की रस्में
क्या है वो जो तेरे नहीं बसमें

काम कोई मुश्किल नहीं तुझको
एक ये क्या, ग़र तेरी खुशी हो
सोत लगे पत्थर से निकलने
नाव लगे रेती में चलने

ए इज़्ज़त और अज़मतवाले !
रहमत और अदालतवाले[146] !
दुखड़ा तुझसे ये कहना दिल का
एक बशरीयत[147] का है तक़ाज़ा

दिल पै है जब बर्छी कोई चलती
आह कलेजे से है निकलती
जब कोई दुख याद आ जाता है
जी बेसाख़्ता[148] भर आता है

वर्ना है इस दुनिया में धरा क्या
ख़्वाब का सा एक है ये तमाशा
दुख से है याँके घबराना क्या
सुख पै है याँके इतराना क्या

ऐश की याँ मुहलत है न ग़म की
सब पै नुमायश है कोई दम की
आनी-जानी चीज़ें हैं ख़ुशियाँ
चलती फिरती छाँव हैं अरमां

मँगनी, ब्याह, बरात और रुख़्सत
मेल मिलाप सुहाग और संगत
हैं दो दिन के सब बहलावे
आगे चलकर हैं पछतावे

रेत की सी दीवार है दुनिया
ओछे का सा प्यार है दुनिया
बिजली जैसी चमक है इसकी
पल दो पल की चमक है उसकी

पानी का सा है ये पुचारा
जुगनू का सा है चमकारा
आज है याँ जंगल में मंगल
कल सुनसान पड़ा है जंगल

आज है मेला हर दम दूना
और कल गाँव पड़ा है सूना
आज है रखने की तैयारी
और है कल चलने की बारी

आज है पाना कल है खोना
आज है हँसना कल है रोना
कभी है बाधा कभी है घाटा
कभी ज्वार और कभी है भाटा

हार कभी और जीत कभी है
इस नगरी की रीत यही है
साथ सुहाग और सोग है याँका
नावका सा संजोग है याँका

ख़ुशी में ग़म याँ मिला हुआ है
अमरित में बिस घुला हुआ है
सैर को जो इस बाग़ में आएँ
दुख के फल को हाथ लगाएँ

याँ हर फल इन्द्रायन[149] का है
देखने से चखने में बुरा है
ऐश जिन्होंने सदा उड़ाए
वो भी हैं आख़िर को पछताए

रहे हैं गिरकर चढ़े हैं जो याँ
घटे हैं आख़िर बढ़े हैं जो याँ
जो ब्याहे वो हैं पछताते
बिन ब्याहे हैं ब्याह मनाते

इस फल का है यही परेखा
जो नहीं चक्खा वही है मीठा
ख़ुश न हों ख़ुशियों के मतवाले
हैं ये नशे सब उड़नेवाले

ग़म की घटा आती है गरजती
घड़ी में याँ घड़ियाल है बजती
रहगीरों का बँधा है ताँता
एक आता है एक है जाता

जो आए हैं उनको है जाना
जो गए उनको फिर नहीं आना
ख़्वाह हो राँड और ख़्वाह सुहागन
मौत है सबकी जान की दुश्मन

एक है गो आज एक से बेहतर
मर गईं जब दोनों हैं बराबर
और कोई गर इन्साफ़ से देखे
मर के उसे निस्बत नहीं इससे

ऐश गई वो छोड़ के याँके
क़ैद गई ये काट के याँसे
इसको पड़ी कल उसकी गई कल
ये गई हलकी वो गई बोझल

इसका दिल इस दुनिया से उठाना
है नाख़ून से गोश्त छुटाना
जान ये आसां देती है ऐसी
बू है निकलती फूल से जैसी

ग़म हो ग़रज़ या ऐश हो कुछ हो
है हमें जाना छोड़ के सबको
तेरे सिवा याँ ए मेरे मौला
कोई रहा है और न रहेगा

पड़ी थी सूनी जब ये नगरिया
तेरी ही थी याँ खड़ी अटरिया
फिर ये नगरिया उजड़ के सारी
तेरी ही रह जाएगी अटारी

था न कुछ आगे तेरे सिवा याँ
और रहेगा कुछ न सदा याँ
याँ कोई दिन दुख पाया तो क्या
और कोई दम सुख पाया तो क्या

अब न मुझे कुछ रंज की परवा
और न आसाइश[150] की तमन्ना
चाहती हूँ एक तेरी मुहब्बत
और नहीं रखती कोई हाजत[151]

घूँट एक ऐसा मुझको पिला दे
तेरे सिवा जो सबको भुला दे
आए किसी का ध्यान न जी में
कोई रहे अरमान न जी में

फ़िक्र हो अच्छी की न बुरी की
तेरे सिवा धुन हो न किसी की
कोई जगह इस दिल में न पाए
याद कोई भूले से न आए

सीना ये तुझसे भरा हो सारा
मीत समाए इसमें न प्यारा
दिल ने बहुत याँ मुझको सताया,
मौत का बरसों मज़ा चखाया

ख़्वाब में देख एक स्वांग निराला
आग में जीते जी मुझे डाला
मेरा और अपना चैन गँवाया
आप जला और मुझको जलाया

उठ नहीं सकते मुझसे अब एक दम
ये दुनिया के नाशुदनीग़म[152]
दिल में लगन बस अपनी लगा दे
सारे ग़म अपने ग़म में खपा दे

ग़ैर के रिश्ते तोड़ दे सारे
दिल के फफोले फोड़ दे सारे
जब तूने तनहा किया है पैदा
तू मुझे बंधुवा[153] कर न किसी का

वाँसे अकेली आई हूँ जैसी
वैसी ही याँसे जाऊँ अकेली
साथ कोई ग़म लेके न जाऊँ
तेरे सिवा खो दूँ जिसे पाऊँ

दिल न फिरे, दुनिया में भटकता
कोई रहे काँटा न खटकता
जी से निशाँ, प्यारों का मिटा दूँ
प्यार के मुँह को आग लगा दूँ

तू ही हो दिल में तू ही ज़बाँ पर
मार के जाऊँ लात जहाँ पर
पाऊँ तुझे एक-एक को गँवाकर
ख़ाक में जाऊँ सबको मिलाकर

सन्दर्भ

1. उपस्थित 2. देखनेवाले 3. विद्वानों से 4. विद्वान 5. बलशालियों से 6. बलशाली 7. कठिन, दुर्गम 8. संकीर्ण 9. पथिक की 10. ग़रीबों, दुर्बलों का 11. दुखियों का, 12. साथी 13. चाहनेवाला 14. अनाथ 15. किसी दूसरे के साथ की 16. दुख बटानेवाला 17. लाभ पहुँचाए, स्वास्थ्य प्रदान करे 18. दया 19. प्रताप 20. स्नेह 21. दबानेवाले 22. प्रसन्न 23. दुख का दाग़ 24. विरक्त 25. शिकायत 26. उपहार 27. पुराना घाव 28. ज्वर 29. क्षय 30. अरमानवाले 31. सुख 32. आनन्द 33. मंज़ूर 34. अज़ल—वह समय जब सृष्टि का आरम्भ हुआ और लोगों के भाग्य लिखे गए 35. सुख पहुँचाए, 36. अधिकारवाले 37. विद्वत्ता 38. इच्छुक 39. कष्ट, दुख 40. वास्तविकता 41. मनहूस 42. मटियामेट 43. क़ब्र 44. भय, घबराहट 45. सखियाँ, बहनों के समान 46. खेलनेवाली 47. ईश्वर के यहाँ बुलावा 48. जलना 49. राख 50. साहूकारों 51. पर होते हुए भी 52. शुभ सिद्ध न हुई 53. धर्म 54. मालिक, स्वामी 55. देन 56. बन्द 57. नियामत, देन 58. विकसित किए 59. अमृत, मधु 60. कस्तूरी 61. खुश 62. छोटे और बड़े 63. सबके लिए, सर्व साधारण के लिए 64. वंचित 65. लाभ पहुँचाने की प्रवृत्ति 66. एकसा 67. बंजर 68. आरोप, दोष 69. इनाम-पुरस्कार 70. सांभर झील जहाँ से नमक निकलता है 71. आत्मा 72. प्रेम 73. पूजा 74. नातेदारों 75. अपनत्व 76. भय 77. क़सूर, अपराध 78. दया के स्थापक 79. लगाव रखनेवाला 80. रिश्तेदार 81. गीली 82. ईश्वर 83. मनहूस क़दमवाली 84. पानी 85. लाज, इज़्ज़त 86. अपने को 87. भ्रम 88. माथे 89. व्यंग-वाणों

से 90. नाव पार लगाने का काम 91. एकान्त 92. पवित्रता 93. पहुँचे हुए फ़क़ीर 94. विश्वास 95. प्रतिज्ञा 96. विश्वास 97. रक्षक 98. दुख में साथ देनेवालों 99. रीति 100. पश्चात्ताप 101. बनी रहे 102. परलोक की 103. इन्द्रियों 104. भलाई 105. गीला 106. सूखा, काल 107. कामना 108. धर्म की 109. यद्यपि 110. विपत्ति 111. वचन 112. अहंकार 113. झगड़ा 114. व्याकुल 115. निहित, गुप्त 116. मरज़ी, इच्छा 117. आराम 118. फलेगी 119. सौ खरब 120. बालिकाएँ 121. दुख 122. पीड़ित 123. अबोध 124. दूल्हा 125-126. विवाह की रस्में 127. वैरागिन 128. चाह, प्रेम 129. आरोप 130. निस्सहाय 131. हिमायती 132. निरीह 133. बस्ती 134. दुख सुनने को 135. बन्जर भूमि 136. अकेले 137. मालिक, स्वामी 138. मालिकों, स्वामियों 139. वैभव 140. गहना 141. पति, मालिक 142. पतझड़ 143. अँधेरा 144. अरबी महीनों में पहला महीना जब मुसलमान करबला के शहीदों का शोक मनाते हैं 145. घायल 146. न्याय करनेवाले 147. मानवता 148. अनायास 149. इन्द्रायन—एक लता जिसका लाल फल देखने में सुन्दर पर खाने में बहुत कड़वा होता है। 150. आराम 151. आवश्यकता 152. जो न होने चाहिए 153. बँधा हुआ, पराधीन।

जोगी

चौधरी खुशीमुहम्मद 'नाज़िर'

इस कविता का लेखक कश्मीर में बहुत दिनों रहा है। उर्दू कविता में दृश्य-वर्णन या प्रकृति-वर्णन कितना रंगारंग और भरपूर है इस पर बहुत लोगों का ध्यान अभी नहीं गया है। इस सम्बन्ध में एक महत्त्वपूर्ण बात केवल उर्दू और संस्कृत कविता पर लागू होती है। जिस तरह संस्कृत के कवि भारत के अनेक प्रान्तों या प्रदेशों के रहनेवाले थे उसी तरह उर्दू कवि भी केवल उत्तर प्रदेश में नहीं भारत के अनेक प्रदेशों में रहे हैं। और जिस तरह इस विस्तृत भारत देश के अनेक स्थानीय चित्र संस्कृत कविता के प्रकृति-वर्णन में मिलते हैं कश्मीर से रासकुमारी तक वैसे ही चित्र उर्दू कविता में भी मिलते हैं।

इस कविता में कश्मीर का प्रकृति-चित्रण जिस सफल ढंग से हुआ है वह एक अद्वितीय वस्तु है। जंगल, पहाड़, गुफ़ाएँ, वनस्पति, आकाश, बादल, बर्फ़िस्तान, पक्षी, जोगी की कुटी, सभी जीती जागती तस्वीरें आँखों के सामने फिर जाती हैं। मालूम होता है हमें किसी ने उठाकर कश्मीर की घाटी में बिठा दिया है। इस कविता की ये असाधारण सफलता है।

सरल शैली इस कविता में एक ऐसी छटा दिखाती है जो इस संकलन की दूसरी कविताओं की सरल शैली से बिल्कुल अलग है। सरलता और स्वाभाविकता प्रसंग और परिस्थिति के अनुसार और अनेक प्रभाव से अनेक रूप धारण कर लेती हैं। इस कविता में नर्मी, सरलता, ओज, उभार और पंक्तियों का उमड़ते चले आना, रवाँ-दवाँ बयान, एक खास समा बाँध देता है। कश्मीर की वादी और उसके वातावरण की आत्मा छन्द में घुल गई है। पूरा दृश्य शब्दों में तरलित होकर इस तरह उभरता है जैसे कुहरे पर धूप पड़ने से कोई दृश्य उभरे या बहते हुए पानी की लहरों से कोई दृश्य ऊपर उठता

चला आए। पूरी कविता एक ऐसा दर्पण है जिसमें कश्मीर की प्राकृतिक छटा झलकियाँ मार रही हैं। ऐसी स्वाभाविक शैली बड़े सौभाग्य से हाथ आती है।

जोगी का दुनिया को छोड़कर वैराग्य धारण करना, एक दुनियादार का उससे वार्तालाप, प्रेम में डूबी हुई बहस, सांसारिक जीवन की समालोचना, दुनिया में छल कपट का बाज़ार, झूठ और स्वार्थ का बोलबाला, ये सब बातें बहुत बेलाग ढंग से इस कविता में आ गई हैं। यह सच है कि वर्तमान प्रगतिशील विचारधारा इस कविता में नहीं मिलेगी जिसके अनुसार दुनिया छोड़कर वैराग्य धारण करने के बदले दुनिया और दुनिया के जीवन को परिश्रम करके और क्रान्तिकारी सहयोग करके बदला जा सकता है। ऐसा करके दुनियावी जीवन और कश्मीर की घाटी में प्रकृति सौन्दर्य का आनन्द लेना दोनों सबके लिए संभव बनाए जा सकते हैं। लेकिन ये कविता भी लगभग पचास बरस पहले की है। उस समय दुनिया के मायाजाल से भाग निकलना ही मुक्ति का साधन माना जाता था। रूस और चीन की क्रान्तियों के बाद ही यह आत्मविश्वास मनुष्य को प्राप्त हुआ कि मायाजाल के शेषनाग को मनुष्य के हाथ नाथ सकते हैं और सांसारिक जीवन तथा निर्जन प्राकृतिक दृश्य दोनों को आदमी की जागीर बनाया जा सकता है।

यह कविता इस बात का जगमगाता हुआ नमूना है कि खड़ी बोली को सहजतम और सरलतम रखते हुए भी उसके ठेठ-से-ठेठ रूप को भी दृश्य चित्रण में किस तरह काम में लाया जा सकता है। इस कविता को पढ़ते हुए हम लहरें मारते हुए छन्द के बहाव में बहने लगते हैं। मालूम होता है कि हम कश्मीर की किसी निर्मल और शीतल झील में तैरते चले जा रहे हैं।

जोगी

कल सुब्ह के मतलए-ताबाँ से[1] जब आलम[2] बुक़्क़ए-नूर[3] हुआ
सब चाँद सितारे माँद हुए ख़ुरशीद का नूर ज़हूर[4] हुआ
मस्ताना हवाए-गुलशन थी जानाना हवाए-गुलबन थी
हर वादी वादिए-ऐमन[5] थी हर कोह पै जलवाए-तूर[6] हुआ
जब बादे-सबा[7] मिज़राब[8] बनी हर शाख़े-निहाल[9] रुबाब[10] बनी
शमशाद-ओ-चनार[11] सितार हुए हर सर्वो-समन[12] तम्बूर[13] हुआ
सब तायर [14] मिलकर गाने लगे मस्ताना वो तानें उड़ाने लगे
अश्जार[15] भी वज्द में[16] आने लगे गुलज़ार भी बज़्मे-सरूर[17] हुआ
सब्ज़े ने बिसात बिछाई थी और बज़्मे-निशात[18] सजाई थी
बन में गुलशन में आँगन में फर्शे-संजाब-ओ-समूर[19] हुआ
था दिलकश मंज़रे-बाग़े-जहाँ और चाल सबा की मस्ताना
इस हाल में एक पहाड़ी पर जा निकला 'नाज़िर' दीवाना
चीलों[20] ने झंडे गाड़े थे परबत पर छावनी छाई थी
थे ख़ेमे डेरे बादल के कोहरे ने क़नात लगाई थी
याँ बर्फ़ के तूदे[21] गलते थे चाँदी के फ़वारे चलते थे
चश्मे सीमाब[22] उगलते थे नालों ने धूम मचाई थी
एक मस्त क़लन्दर जोगी ने परबत पर डेरा डाला था
थी राख जटा में जोगी की और अंग भभूत रमाई थी
था राख का जोगी का बिस्तर और राख का पैराहन[23] तनवर
थी एक लँगोटी ज़ेबे-कमर जो घुटनों तक लटकाई थी
सब ख़ल्क़े-ख़ुदा[24] से बेगाना वो मस्त क़लन्दर दीवाना
बैठा था जोगी मस्ताना आँखों में मस्ती छाई थी
जोगी से आँखें चार हुईं और झुककर हमने सलाम किया

तीखे चितवन से जोगी ने तब 'नाज़िर' से ये कलाम किया

क्यों बाबा नाहक़ जोगी को तुम किसलिए आके सताते हो
हैं पंख पखेरू बनबासी तुम जाल में इनको फँसाते हो
कोई झगड़ा दाल चपाती का, कोई दावा घोड़े हाथी का
कोई शिकवा संगी साथी का तुम हमको सुनाने आते हो
हम हिर्स-ओ-हवा को[25] छोड़ चुके उस नगरी से मुँह मोड़ चुके
हम जो ज़ंजीरें तोड़ चुके तुम लाके वही पहनाते हो
तुम पूजा करते हो धन की हम सेवा करते हैं साजन की
हम जोत जगाते हैं मन की तुम उसको आके बुझाते हो
संसार से याँ मुख फेरा है मन में साजन का डेरा है
याँ आँख लड़ी है पीतम से तुम किससे आँख मिलाते हो

यूँ डाँट डपटकर जोगी ने जब हमसे ये इर्शाद[26] किया
सर उसके झुकाकर चरनों पर जोगी को हमने जवाब दिया
हम हैं परदेसी सैलानी यूँ आँख न हमसे चुरा जोगी !
हम आए हैं तेरे दर्शन को चितवन पर मैल न ला जोगी !
आबादी से मुँह फेरा क्यों, जंगल में किया है डेरा क्यों ?
हर महफ़िल में हर मंज़िल में हर दिल में है नूर ख़ुदा जोगी !
क्या मन्दिर में क्या मस्जिद में सब जलवा है वज्हुल्लाका[27]
परबत में नगर में सागर में हरि उतरा है हर जा जोगी !
जी शह्र में ख़ूब बहलता है वाँ हुस्न पै इश्क़ मचलता है
वाँ प्रेम का सागर चलता है चल दिल की प्यास बुझा जोगी !
वाँ दिल का गुंचा खिलता है गलियों में मोहन मिलता है
चल शह्र में शंख बजा जोगी, बाज़ार में धूनी रमा जोगी !
फिर जोगी जी बेदार हुए इस छेड़ ने इतना काम किया
फिर इश्क़ के उस मतवाले ये वहदत[28] का एक जाम दिया

इन चिकनी चुपड़ी बातों से मत जोगी को फुसला बाबा !
जो आग बुझाई जतनों से फिर इस पै न तेल गिरा बाबा !
है शह्रों में गुल शोर बहुत और काम क्रोध का ज़ोर बहुत
बसते हैं नगर में चोर बहुत साधू की है बन में जा बाबा !

है शह्र में शोरिश नफ़सानी[29] जंगल में है जलवा रूहानी[30]
है नगरी डगरी कसरत की बिन वहदत का दरिया बाबा !
हम जंगल के फल खाते हैं चश्मों से प्यास बुझाते हैं
राजा के न द्वारे जाते हैं परजा की नहीं परवा बाबा !
सर पर आकाश का मंडल है धरती पै सुहानी मख़मल है
दिन को सूरज की महफ़िल है शब को तारों की सभा बाबा !
जब झूमके याँ घन आते हैं मस्ती का रंग जमाते हैं
चश्मे तम्बूर बजाते हैं गाती है मलार हवा बाबा !
जब पंछी मिलकर गाते हैं पीतम के सन्देस सुनाते हैं
सब बन के बिरिछ झुक जाते हैं थम जाते हैं दरिया बाबा !
है हिर्स-ओ-हवा का ध्यान तुम्हें और याद नहीं भगवान तुम्हें
सिल, पत्थर, ईंट, मकान तुम्हें देते हैं ये राह भुला बाबा !
परमातमा की वो चाह नहीं और रूह को दिल में राह नहीं
हर बात में अपने मतलब के तुम गढ़ लेते हो ख़ुदा बाबा !
तन-मन को धन में लगाते हो हरि नाम को दिल से भुलाते हो
माटी में लाल गँवाते हो तुम बन्दए-हिर्स-ओ-हवा बाबा !
धन दौलत आनी जानी है ये दुनिया रामकहानी है
ये आलम आलमे-फ़ानी[31] है बाक़ी है ज़ाते-ख़ुदा बाबा !

(2)

तरानए-वहदत[32]

जब से मस्ताने जोगी का मशहूरे-जहाँ अफ़साना हुआ
उस रोज़ से बन्दए-नाज़िर भी फिर बज़्म में[33] नग़्मा-सरा न[34] हुआ
कभी मन्सब-ओ-जाह की[35] चाट रही कभी पेट की पूजा पाट रही
लेकिन यह दिल का कँवल न खिला और गुंचए-ख़ातिर वा[36] न हुआ
कहीं लाग रही, कहीं पीत रही, कभी हार रही कभी जीत रही
इस क़लजुग की यही रीत रही कोई बन्दसे[37] ग़म की रिहा न हुआ
यूँ तीस बरस जब तेर[38] हुए हम कारे-जहाँ से[39] सेर[40] हुए
था अह्दे-शबाब[41] सराबे-नज़र वो चश्मए-आबे-वफ़ा[42] न हुआ

फिर शह्र से जी उकताने लगा फिर शौक़ महार[43] उठाने लगा
फिर जोगी जी के दर्शन को 'नाज़िर' एक रोज़ रवाना हुआ

कुछ रोज़ में 'नाज़िर' जा पहुँचा फिर होश-रुबा[44] नज़्ज़ारों में
पंजाब के गर्द गुबारों से कश्मीर के बाग़ बहारों में
फिर बनबासी वैरागी का हर सिम्त सुराग़ लगाने लगा
बन्हाल[45] के भयानक ग़ारों में पंजाल[46] की काली धारों में
अपना तो ज़माना बीत गया सरकारों में दरबारों में
पर जोगी मेरा शेर रहा परबत की सूनी ग़ारों में
वो दिन को टहलता फिरता था इन क़ुदरत के गुलज़ारों में
और रात को मह्वे-तमाशा[47] था अम्बर के चमकते तारों में

बर्फ़ाबका[48] था एक ताल यहाँ या चाँदी का था एक थाल यहाँ
इलमास[49] जड़ा था ज़मुर्रद[50] में ये ताल न था कुहसारों[51] में
तालाब के एक किनारे पर ये बन के राजा बैठा था
थी फ़ौज खड़ी दीवारों की हर सिम्त बलन्द हिसारों[52] में
याँ सब्ज़-ओ-गुलका नज़ारा था और मंज़र प्यारा-प्यारा था
फूलों का तख़्त उतारा था परियों ने इन कोहसारों में
याँ बादे-सहर जब आती थी भैरव का ठाठ जमाती थी
तालाब रुबाब[53] बजाता था लहरों के तड़पते तारों में
क्या मस्त-उल-मस्त नवाएँ[54] थीं इन क़ुदरत के निरमानों[55] में
मल्हार का रूप था चश्मों में सारंग का रंग फ़वारों में
जब जोगी जोशे-वहदत[56] में हरि नाम की ज़र्ब लगाता था
एक गूँज-सी चक्कर खाती थी कोहसारों की दीवारों में
इस इश्क़-ओ-हवा की मस्ती से जब जोगी कुछ हुशियार हुआ
उस ख़ाकनशीं[57] की ख़िदमत में यूँ 'नाज़िर' अर्ज़गुज़ार हुआ

कल रश्के-चमन[58] थी ख़ाके-वतन है आज वो दश्तेबला[59] जोगी!
वो रिश्तए-उलफ़त[60] टूट गया कोई तस्मा[61] लगा न रहा जोगी!
बर्बाद बहुत से घराने हुए आबाद हैं बन्दीख़ाने हुए
शहरों में है शोर बपा जोगी गाँवों में है आह-ओ-बुका[62] जोगी!
वो जोशे-जनूँके ज़ोर हुए इन्सान भी डंगर ढोर हुए

बच्चों का है क़त्ल रवाँ[63] जोगी, बूढ़ों का है ख़ून हिबा[64] जोगी!
ये मस्जिद में और मन्दिर में हर रोज़ तनाज़ा[65] कैसा है !
परमेशर है जो हिन्दू का मुस्लिम का वही है खुदा जोगी !
काशी का वो चाहनेवाला है ये मक्के का मतवाला है
छाती से तो भारतमाता की दोनों ने है दूध पिया जोगी !
है देस में ऐसी फूट पड़ी एक क़हृ[66] की बिजली टूट पड़ी
रूठे मित्रों को मना जोगी, बिछुड़े वीरों को मिला जोगी !
कोई गिरता है कोई चलता है गिरतों को कोई कुचलता है
सबको एक चाल चला जोगी, और एक डगर पर ला जोगी !
वो मैकदा[67] ही बाक़ी न रहा वो खुम[68] न रहा साक़ी न रहा
फिर इश्क़ का जाम पिला जोगी, ये लाग की आग बुझा जोगी!
परबत के न सूखे रूखों को ये प्रेम के गीत सुना जोगी !
ये मस्त तराना वहदत का चल देस की धुन में गा जोगी !
भक्तों के क़दम जब आते हैं कलजुग के क्लेश मिटाते हैं
थम जाता है सैले-बला[69] जोगी, रुक जाता है तीरे-क़ज़ा[70] जोगी
नाज़िर ने जो ये अफ़सानए-ग़म रुदादे-वतन का[71] याद किया
जोगी ने ठंडी साँस भरी और नाज़िर से इरशाद किया

बाबा ! हम जोगी बनबासी जंगल के रहनेवाले हैं
इस बन में डेरे डाले हैं जब तक ये बन हरियाले हैं
इस काम क्रोध के धारे से हम नाव बचाकर चलते हैं
जाते याँ मुँह में मगरमच्छ[72] के दरिया के नहानेवाले हैं
है देस में शोर पुकार बहुत और झूठ का है परचार बहुत
वाँ राह दिखानेवाले भी बेराह चलानेवाले हैं
कुछ लालच लोभ के बन्दे हैं कुछ मक्र-ओ-फ़रेब के फन्दे हैं
मूरख को फँसानेवाले हैं ये सब मकड़ी के जाले हैं
जो देस में आग लगाते हैं फिर उस पर तेल गिराते हैं
ये सब दो रूख के ईंधन हैं और नरक के सब ये निवाले हैं
भारत के प्यारे पूतों का जो ख़ून बहानेवाले हैं
कल छाँव में जिसकी बैठेंगे वही पेड़ गिरानेवाले हैं
जो खूनख़राबा करते हैं आपस में कट-कट मरते हैं
ये बीर बहादुर भारत को ग़ैरों से छुड़ानेवाले हैं ?

जो धर्म की जड़ को खोदेंगे भारत की नाव डुबो देंगे
ये देस को डसनेवाले हैं जो साँप बग़ल में पाले हैं
जो जीव की रक्षा करते हैं और ख़ौफ़े-खुदा से डरते हैं
भगवान को भानेवाले हैं ईश्वर को रिझानेवाले हैं
दुनिया का है सिरजनहार वही, माबूद[73] वही, मुख़्तार वही
ये काबा,[74] कलीसा,[75] बुतख़ाना[76] सब डौल उसी ने डाले हैं
वो सबका पालनहारा है ये कुनबा उसी का सारा है
ये पीले हैं या काले हैं सब प्यार से उसने पाले हैं
कोई हिन्दी हो, कि हिजाज़ी[77] हो, कोई तुर्की हो या ताज़ी[78] हो
जब नीर पिया एक माता का सब एक घरानेवाले हैं
सब एक ही गत पर नाचेंगे सब एक ही राग अलापेंगे
कल श्याम कन्हैया फिर बन में मुरली को बजानेवाले हैं
आकाश के नीले गुम्बद से ये गूँज सुनाई देती है
अपनों को मिटानेवालों को कल ग़ैर मिटानेवाले हैं
ये प्रेमसन्देसा जोगी का पहुँचा दो उन महापुरुषों को
सौदे में जो भारत माता के तन मन को लगानेवाले हैं
परमात्मा के वो प्यारे हैं और देस के चाँद-सितारे हैं
अन्धेर नगर में वहदत की जो जोत जगानेवाले हैं
'नाज़िर' यहीं तुम भी आ बैठो और बन में धूनी रमा बैठो
शहरों में गुरु फिर चेलों को कोई नाच नचानेवाले हैं

सन्दर्भ

1. चमकते आकाश 2. दुनिया 3. चमक उठी 4. प्रकट 5. ऐमन की घाटी, वह स्थान ज़हाँ मूसा ने देववाणी सुनी 6. तूरका जलवा, तूर पहाड़ पर मूसा को ईश्वर के दर्शन हुए 7. प्रभात समीर 8. सितार के समान एक बाजा बजाने का यन्त्र 9. पेड़ की शाखा 10. सितार जैसा बाजा 11. एक पेड़ 12. पहाड़ी पेड़ 13. तंबूरा 14. पक्षी 15. वृक्ष 16. मस्ती 17. खुशी की महफ़िल 18. आनन्द मंडली 19. बहुत नर्म खालें जो बिछाने के काम आती हैं 20. पहाड़ी पृक्ष, जिसे चीड़ भी कहते हैं 21. ढेर 22. पारा 23. वस्त्र 24. दुनिया और दुनियावालों 25. मायामोह 26. कहा 27. ईश्वर 28. एकता 29. ऐन्द्रिक 30. आध्यात्मिक 31. मृत्यु लोक 32. एकता का तराना 33. सभा में 34. गीत गा न सका 35. पद, पदवी 36. वा=खुलना 37. बन्धन से 38. पूरे हुए 39. दुनिया के काम 40. तृप्त

होना, अघाना 41. जवानी की अवस्था 42. अमृत का स्रोत 43. नकेल 44. होश उड़ानेवाले 45. कश्मीर की एक पहाड़ी का नाम 46. कश्मीर की एक पहाड़ी 47. तमाशे में लीन 48. हिम-जल 49. पन्ना 50. पन्ना 51. पहाड़ियों 52. घेरों 53. सितार 54. मस्ती से भरी हुई हवाएँ 55. निर्माणों 56. एक ईश्वर की पूजा के जोश 57. ख़ाक (मिट्टी) में रहनेवाला 58. जिससे चमन को भी ईर्ष्या हो 59. आपदाओं का जंगल 60. प्रेम का नाता 61. बन्धन की डोर 62. रोना चिल्लाना 63. उचित 64. तुच्छ 65. झगड़ा 66. विपत्ति 67. शराब 68. सुराही 69. बलाओं की बाढ़ 70. मृत्यु का तीर 71. देश की कहानी 72. मगर-मच्छ 73. जिसकी पूजा की जाए, ईश्वर 74. मुसलमानों का महान् तीर्थ 75. गिरजा 76. मन्दिर 77. हिजाज़ का निवासी, हिजाज़ अरब की राजधानी है 78. अरबी।

जोगन

'अख़्तर' शीरानी

अख़्तर शीरानी की कल्पनो बहुत जवान कल्पना है—उनकी कविता में जवानी का पूरा कस बल और जवानी की तेज़ झनकार मिलती है। उनकी शैली उन भावों और विचारों और एक ऐसी चेतना से उत्पन्न होती है जो बहुत ही सिजिल और रंगीन हैं। 'अख़्तर' शीरानी को शायरे रोमान अर्थात् रूप रंग, प्रेम और जवानी की रंगीनियों, मस्तियों और रहस्यों का शायर कहा जाता है। यह कविता भी कथानक नहीं है बल्कि एक ही दृश्य का चित्रण और जोगन के सितार की झंकारों की समालोचना या काव्यात्मक व्याख्या है। उपमाएँ सूक्ष्म और लोच-भरी कल्पना का सबूत देती हैं। दृश्य की पूरी आत्मा धीरे-धीरे व्यक्त होती चली जाती है। कविता पढ़ चुकने के बाद यह दृश्य एक कभी न भूलनेवाला दृश्य बन जाता है। भाषा कोमल लचकदार और परिमार्जित है। शैली पर कवि का सम्पूर्ण आधिपत्य है। 'अख़्तर' शीरानी की कला में जवानी का कस बल और पक्की उम्र की प्रौढ़ता का बहुत सुन्दर समावेश मिलता है। अफ़सोस कि उर्दू का ये होनहार शायर हमें कुछ अमर कविताएँ देकर जवानी ही में इस दुनिया से उठ गया।

जोगन

देखो ! वो कोई जोगन जंगल में गा रही है
मूसीक़िये-हज़ी[1] के दरिया बहा रही है
ग़मगीं नवाइयों[2] से बेखुद[3] बना रही है
दुनिया के हर असर को दिल से मिटा रही है
सोई हुई फ़िज़ा का[4] शाना[5] हिला रही है
हर जुम्बिशे-ज़बाँ[6] से मुर्दे जिला रही है
बेदार[7] कर रही है मदहोश घाटियों को
ख़्वाबीदा[8] साहिलों की[9] नींदें उड़ा रही है
हर लरज़िशे-सबा[10] में तूफाँ उमड़ रहे हैं
पंचम में क्या रसीली ताने उड़ा रही है
देखो ! वो कोई जोगन जंगल में गा रही है

अठखेलियों का सिन[11] है हँस बोलने के दिन हैं
लेकिन न जाने क्यों वो आँसू बहा रही है
आईना रंग सीना कुछ खिल रहा है जिसमें
दोशीज़गी[12] की गंगा तूफ़ाँ उठा रही है
एक गेरुआना[13]सारी में है बदन छिपाए
या हल्की-हल्की बदली सूरज पै छा रही है
एक बह्ले-यासमींपर[14] बल खा रही है नागन
या इसकी जुल्फ़-मुश्कीं[15] सीना पै आ रही है
है एक सितार उसके आग़ोश-नाज़नीं में[16]
दो नाजुक उँगलियों से जिसको बजा रही है
देखो ! वो कोई जोगन जंगल में गा रही है

सब्ज़े पै चाँदनी के बादल बरस रहे हैं
या कोई हूर बैठी आँसू बहा रही है
है मौजज़न[17] फ़िज़ा में एक आबशारे-सीमीं[18]
या मल्कये-परिस्ता[19] मोती लुटा रही है
एक गर्दे-मरमरीं[20] है छाई हुई उफ़क़[21] पर
जिसको हवाए-सहरा[22] कोसों उड़ा रही है
एक मौजे-गौहरींसी[23] हर फूल पर है रक्साँ[24]
नग़्मे की बूए-रंगी[25] जिसमें समा रही है
या दिन के मक़बरे पर दोशीज़ये-शब[26] आकर
गुलहाए-नूर[27] की एक चादर चढ़ा रही है
देखो ! वो कोई जोगन जंगल में गा रही है

जंगल के जानवर कुछ बैठे हैं उसके आगे
रो-रोके जिनको अपनी बिपता सुना रही है
खूँख़्वार शेर भी हैं वहशी ग़ज़ाल[28] भी हैं
लेकिन वो सबके दिल पै सिक्का जमा रही है
कुछ साँप झूमते हैं रह-रह के मस्त होकर
एक मौजे-वज्द परवर[29] उनको नचा रही है
ताऊस[30] नाचता है यूँ बेक़रार होकर
गोया हर एक पर में बिजली समा रही है
ग़मगीं नवाइयों से ऐसा समाँ बँधा है
रो-रोके जैसे फ़ितरत[31] तूफ़ाँ उठा रही है
देखो ! वो कोई जोगन जंगल में गा रही है

ये मोहनी बनी है किसकी लगन में जोगन ?
ये सैले-दर्द[32] किसके ग़म में बहा रही है ?
हाँ शायद इसकी नन्ही मासूम आत्मा में
हरि की प्रेम अगिनी लूके लगा रही है
हर बन में हर नगर में हर घर में हर डगर में
फिर-फिर के अपने दिल की चिन्ता मिटा रही है
या जग की आफ़तों से तंग आके बन में जाकर
परमात्मा को अपना दुखड़ा सुना रही है

या हरि की जुस्तजू[33] में पीतम की आरज़ू में
काशी से आ रही है मथुरा को जा रही है
देखो ! वो कोई जोगन जंगल में गा रही है

एक आग-सी भरी है ग़मगीन रागनी में
दीपक सुना-सुनाकर तन मन जला रही है
परदा-सा उठ गया है आँखों के सामने से
क्या जाने किस जगह के जलवे दिखा रही है ?
मामूरे-ग़मनवाई[34] है हर कली का दामन
फ़ैयाज मुतरिबा[35] है नग़्मे लुटा रही है
बुतख़ानए-जबीं में[36] सजदे[37] मचल रहे हैं
काफ़िर अदा[38] सनम है काफ़िर बना रही है
कुछ सोज़[39] है बयाँ[40] में कुछ दर्द दास्ताँ में
शोले उगल रही है छुरियाँ चला रही है
देखो ! वो कोई जोगन जंगल में गा रही है

अब नग़्मे[41] सो गए हैं बाजा भी थक चला है
महशर[42] उठा चुकी है फ़ित्ने[43] जगा रही है
ऐसी दबी सदा है गोया उरूसे-नग़्मा[44]
मुँह फेरकर हवा से दामन छुड़ा रही है
या कुछ ग़नूदगी[45] के आलम[46] में मस्त कोयल
धरती की गोपियों के दिल गुदगुदा रही है
कुछ खुल गया है जैसे बादल कोई बरसकर
याशमअ[47] जल जलाकर अब झिलमिला रही है
लो वो सितार को भी नींद आ गई बग़ल में
लो वो सितार उठाकर जंगल से जा रही है !
देखो ! वो कोई जोगन जंगल में गा रही है
मैं तो मगर कुछ ऐसा महसूस कर रहा हूँ
जैसे वो ज़ालिम अब तक वैसे ही गा रही है
अब तक फ़ज़ा पै है वो खोया हुआ-सा आलम
अब तक उफ़क़ पैयकसर[48] मस्ती-सी छा रही है
अब तक उठा रहा है साज़ उसका अब्रे-नग़्मा[49]

अब तक ज़बान उसकी बिजली गिरा रही है
फूलों से अब तक उसके नग़मे बरस रहे हैं
पत्तों से अब तक उसकी आवाज़ आ रही है
अब तक मैं सर झुकाए हैरतज़दा[50] खड़ा हूँ
अब तक वही तजल्ली[51] आँखों पै छा रही है
देखो ! वो कोई जोगन जंगल में गा रही है

सन्दर्भ

1. करुण संगीत 2. दुख भरे बोलों 3. आत्मविस्मृत 4. वायुमंडल 5. कन्धा 6. ज़बान हिलाने 7. जगा रही है 8. सुप्त 9. किनारों, तटों 10. हवा के कम्पन 11. आयु 12. कुँआरपन 13. गेरुए रंग 14. सफ़ेद सागर, चाँदनी 15. मुश्क, कस्तूरी की भाँति काले केश 16. कोमल और सुन्दर गोद 17. हिलोरें मारता 18. रुपहला झरना 19. परिस्तान की रानी 20. सफ़ेद धूल 21. क्षितिज 22. जंगल की हवा 23. मोतियों की लहर 24. नाच रही है 25. गीत की रंगीन सुगन्धि 26. कुमारी रात्रि 27. प्रकाश पुष्प 28. हिरन 29. ऐसी लहर जो मस्ती पैदा करे 30. मोर 31. प्रकृति 32. पीड़ा की बाढ़ 33. खोज 34. करुण संगीत से भरा 35. गायिका 36. माथे के मन्दिर 37. ईश्वर के सामने सिर झुकाने का भाव 38. ऐसी सुन्दर मूर्ति है जो ईश्वर की ओर से ध्यान पलट देती है 39. जलन 40. वर्णन 41. गीत 42. प्रलय 43. उपद्रव, झगड़े 44. गीत की दुल्हन 45. नींद, औंघाई 46. अवस्था 47. दीप 48. बराबर 49. संगीत का बादल 50. आश्चर्यचकित 51. ज्योति।

सुहागन बेवा

'जोश' मलीहाबादी

'जोश' मलीहाबादी शायद इस युग में उर्दू के नहीं भारत की तमाम भाषाओं के महाकवियों में सबसे बड़े कवि हैं। उनकी काव्य-चेतना और कल्पना की एक ऐसे भरपूर समन्दर से तुलना की जा सकती है जो ठाठें मारता रहता है और जिसमें प्रचण्ड ज्वारभाटा उठती रहती है। एक घनघोर घटा है जो जब बरसने पर आ जाती है तो इस तरह छाजों बरसती है कि जल-थल एक हो जाता है।

आज से कई बरस पहले जब 'जोश' मलीहाबादी ने ताज़ा-ताज़ा ये नज़्म लिखी थी तो उन्होंने एक ऐसी सभा में ये नज़्म सुनाई जिसमें सर तेज बहादुर सप्रू, श्रीमती सरोजिनी नायडू, पं. अमरनाथ झा, प्रयाग विश्वविद्यालय के अनेक अध्यापक, हाईकोर्ट के कई जज, वकील, बैरिस्टर और इलाहाबाद के बहुत-से उच्च-से-उच्च शिक्षा पाए हुए और सर्वोच्च पदवियाँ ग्रहण किए हुए हिन्दू-मुसलमान सज्जन मौजूद थे और सबने जी खोलकर तारीफ़ की थी।

इस कविता में एक ऐसी विधवा का चित्र खींचा गया है जो पति की जलती हुई लाश के साथ सती होना ही चाहती है कि उसी समय वहाँ गोस्वामी तुलसीदास आ निकलते हैं। उस बिलखती विधवा को जीवन का ऐसा ज्ञान प्रदान करते हैं कि वह सती होने से बच जाती है; बेवा होते हुए भी ज्ञान प्राप्त करके सदा सुहागिन बन जाती है। यही है विषय सुहागिन बेवा नामी इस कविता का; जिसे 'जोश' मलीहाबादी ने अति उच्च स्तर की कल्पना द्वारा अत्यन्त सरल और सुगम ढंग से खनकते हुए छन्दों में व्यक्त किया है।

सुहागन बेवा

नेक तुलसीदास गंगा के किनारे वक़्ते-शाम
जा रहा था एक तरफ़ बश्शाश[1] जपता हर का नाम
चर्ख़[2] की नैरंगियों[3] से गुफ़्तगू[4] करता हुआ
रंगे-इरफ़ाँ[5] रूह की तस्वीर में भरता हुआ

झाड़ियाँ थीं सब्ज़ दरिया के किनारे जा-बजा
फूल कुम्हलाए हुए थे सुस्त थी मौजे-हवा
राह में जाले लगे थे पत्तियों पर गर्द थी
लाँबी-लाँबी घास हिलती थी पतावर[6] ज़र्द थी

जमा थे इस तरह पत्ते जा-ब-जा[7] सूखे हुए
जिस तरह शादी के ख़ेमे सुब्ह को उलटे हुए
झाड़ियों से यूँ दबे पाँवों गुज़रती थी हवा
बाँसुरी की दूर से जिस तरह आती हो सदा

यूँ पड़े थे ज़ेरे-शाख़े-गुल शगूफ़े चाक-चाक[8]
जैसे गिर्दे-शमअ वक़्ते-सुबह परवानों की ख़ाक[9]
तायरे-दरमाँदा[10] कोई बोल उठता था अगर
एक सन्नाटा-सा छा जाता था कोह-ओ-दश्तपर[11]

और सन्नाटा-सा वो जिसमें हो गुम आवाजे-रअद[12]
दिल पै होता है जो तारी नालए-पैहम[13] के बाद
उस तरफ़ रंगे-शफ़क़[14] था चर्ख़पर छाया हुआ
इस तरफ़ दिल कोह-ओ-सहरा[15] का था मुर्झाया हुआ

ख़ार-ओ-ख़स[16] पर तितलियाँ हर सू पड़ी थीं बेख़बर
अब्र[17] के दो एक टुकड़े थे परीशाँ चर्ख़[18] पर
शाम का चेहरा ग़मे-पिनहाँ[19] से कुछ उतरा-सा था
पानी थम-थमकर जो बहता था तो सन्नाटा-सा था

खुद-ब-खुद तारीक[20] साहिल पर भरा आता था दिल
बढ़ रही थी तीरगी[21] रह-रह के घबराता था दिल
कह रहा था रंग ग़म का अब्र छा जाने को है
सानिहा[22] कोई क़यामत ख़ेज़[23] पेश आने को है

जाते-जाते एक गोशे की तरफ़ पहुँची नज़र
फ़र्ते-गम़[24] से रह गया शायर कलेजा थामकर
देखता क्या है कि दरिया की रवानी है उदास
चल रहा है एक जनाज़ा रोशनी है आसपास

काँप-काँप उठती है जंगल की सियाही बार-बार
उठ रहे हैं लाश से शोले फ़िज़ाँ[25] है बेक़रार[26]
रोशनी शोलों की एक पेशानिए-ज़र्रों पै[27] है
जुल्मते[28] अन्दोह बेवा के रुख़े-ग़मग़ी[29] पै है

है रँडापा सरपै शमशीरे-जफ़ा[30] तोले हुए
सरनगूँ[31] बैठी है रुख़ पर काकुलें खोले हुए
कुन्दनी शोले हैं ग़ल्ताँ[32] चम्पई रुख़सार में
दिल धड़कने से है जुम्बिश-सी गले के हार में

एहतमामे-मर्ग[33] में ये शायरी लबरेज़े[34] यास
हाथ में मेंहदी रची है बर[35] में चौथी का लिबास
आह ये आलम कि अब तक मस्त है मौजे-नसीम[36]
आ रही है जिस्म से शादी के फूलों की शमीम[37]

कह रही है क्या बताऊँ क्या तमन्ना दिल में है
शमअ ये किसके जनाज़े की मेरी महफ़िल में है
ख़ाक से उठती है फिर करती है शोलों का तवाफ़[38]
कहती है ए शर्म की देवी मुझे करना मुआफ़

मुड़ के फिर मैयत से कहती है इजाज़त दीजिए
अब तो इस ईंधन को भी जलने की रुख़्सत दीजिए
आपको मौत आ गई आलम परीशाँ हो गया
घर अभी बसने न पाया था कि वीराँ हो गया

याद है हाँ मुझको शादी का तरन्नुम[39] याद है
हाँ इन्हीं होठों पै आया था तबस्सुम[40] याद है
आपके सीने से शोले उठ रहे हैं बार-बार
जल रही है ये मेरी उजड़ी जंवानी की बहार

पूछिए इससे कि दुनिया क्या थी और क्या हो गई
जिसने घूँघट भी न उलटा था वो बेवा हो गई
फुँक गईं मेरी बहारें जल गया मेरा सिंगार
तेरी बन्द आँखें हैं मेरी ज़ेब-ओ-ज़ीत का[41] मज़ार

घर मेरे हमजोलियाँ मिलजुल के गाने आई थीं
मालिनें फूलों का गहना कल पिन्हाने आई थीं
आज क़ुर्बां गाहे-इबरत[42] पर चढ़ाने के लिए
मौत आई है मेरा ज़ेवर बढ़ाने के लिए

ज़िन्दगी ! ! जा दूर हो दुनिया है आँखों में उजाड़
मौत ! जल्दी कर कि टूटा है रँडापे का पहाड़
क्यों खड़ी है दूर यूँ डाले हुए त्योरी पै बल
मुझको भी खाले क़सम है तुझको ऐ डाइन अजल[43]

देखती है तू कि मैं हूँ किस क़दर जीने से सेर[44]
ओ सियहरू मौत ! ख़ूनी मौत ! क्यों करती है देर ?
देख मेरे रुख़ पर अश्कों की फ़रावानी का सैल[45]
अपने जबड़ों को हिला तारीक ग़ारों की चुड़ैल

रेंग नागन रेंग मुझ बेवा को डसने के लिए
क्या यहाँ आई है मुँह अपना झुलसने के लिए
क्यों खड़ी है यूँ अलग ठिठकी हुई सच-सच बता
मेरी बातों ने तुझे क्या मौत ! बरहम[46] कर दिया ?

ये अगर है तो झुकाकर मैं तेरे क़दमों पै सर
माँगती हूँ दरगुज़र की भीख मुझ पर रह्म कर
ए मुबारक मौत ! ए राज़े-कमाले-ज़िन्दगी[47]
ए जहाने-ख़्वाबे-नोशीं[48] ! ए मआले-ज़िन्दगी[49]

ए पयामे-ज़िन्दगी[50] ! सिर्रे-बक़ा[51] ताजे-हयात[52]
ऐ निज़ामे-देह्र[53] ! ए रफ़तारे-नब्ज़े-कायनात[54]
मेरी जुल्मत पर भी डाल अपनी अनोखी रोशनी
आ इधर आ शाहज़ादी आलमे-अरवाह[55] की

कहके ये लपकी चिता की सिम्त वह नाजुक ख़राम[56]
और कहा ए दुख भरे संसार ! ले मेरा सलाम
बस ये सुनना था कि झपटे इसकी जानिब दास भी
देखते ही आपको कमसिन[57] तो थी घबरा गई

हर तरफ़ पहले तो देखा दिल में क्या-क्या ठान के
और फिर गर्दन झुका ली दास को पहचान के
हो गई फ़र्ते-हया[58] से रूहे-ग़मगीं[59] बेक़रार
उँगलियाँ अपनी मरोड़ीं देर तक, दीवानावार[60]

सर झुका, माथे पै जुल्फ़े-नाज़ लहराने लगी
हुस्न को आग़ोशे-ग़म[61] में नींद-सी आने लगी
चुप हुई तो और दर्दे-हिज्र[62] दूना हो गया
दी सदा[63] दिल ने, तेरा पहलू तो सूना हो गया

ये सदा सुनते ही दम उलझा फुरेरी आ गई
एक घटा दिल से उठी अर्ज़-ओ-समापर[64] छा गई
रो के फिर कहने लगी बाबा दुआ दीजे मुझे
ज़िन्दगी के पाप से जल्दी छुड़ा दीजे मुझे

आपकी दासी पर अब इस जग में रहना बार है
आग इस छाती में रोशन है चिता तैयार है
झोंक भी दीजे मुझे इस आग के अम्बार में
मैं अकेली हूँ नहीं मेरा कोई संसार में

दास ने फिर तो क़रीब आकर ब-नमीं[65] यूँ कहा
ए मेरी नादान बच्ची ! सोच तो कहती है क्या
मरना जीना एक है जिनको ज़रा भी ग्यान[66] है
वो उधर का मर्तबा है ये इधर की शान है

ज़िन्दगी है नक़्स से मामूर एक मोहमल सी बात[67]
मौत है शीराज़ए क़ानूने-तकमीले-हयात[68]
मौत यकसू ज़िन्दगी मजमूअए-अज़दाद[69] है
ज़िन्दगी है वक़्त की पाबन्द मौत आज़ाद है

ज़िन्दगी है रूह को महदूद[70] कर लेने का नाम
मौत है इन्साँ के लामहदूद[71] हो जाने का नाम
कहते हैं फ़ानी[72] जिन्हें हम, वो फ़ना होते नहीं[73]
मरनेवाले अस्ल में हमसे जुदा होते नहीं

क़ैदे-हस्ती से कोई ज़र्रा रिहा होता नहीं
टूट जाता है क़फ़स[74] तायर[75] फ़ना होता नहीं,
इश्क़ के माले का एक मोती बिखर सकता नहीं
इत्तहादे-बातिनी[76] मरने से मर सकता नहीं

इश्क़ की शाख़ें किसी आँधी से झुक सकतीं नहीं
रूह की सरगोशियाँ[77] मरने से रुक सकती नहीं
ज़िन्दगी बेरूह आवाज़ों में देती है पयाम
मौत सर्द अल्फ़ाज़ को ठुकरा के करती है कलाम

ज़िन्दगी के तंग साँचे में समा जाता है इश्क़
मौत से आलम की पहनाई पै[78] छा जाता है इश्क़
ज़िन्दगी की मौज पर गुलबर्गेतर[79] बनता है इश्क़
लाल-ओ-गौहर मौत के गिर्दाब[80] में बनता है इश्क़

बादे-तूफ़ानी[81] के देवता पास आ सकते नहीं
इस दिए को मौत के झोंके बुझा सकते नहीं
मौत क्या शै है कि तोड़े जब कि खुदरूहुलअमी[82]
आशिक़ी के रिश्तए-मुहकम[83] को छू सकते नहीं

जिस्म पर बुनियादे-इश्क़े-ख़ुदनुमा[84] होती नहीं
रूह इस तबदील हैअत[85] से फ़ना होती नहीं
ज़िन्दगी धुँधला-सा एक जलवा है और कुछ भी नहीं
मौत एक बारीक-सा परदा है और कुछ भी नहीं

ग़ौर कर दिल में कि हो जाएँ हक़ीक़त बेनक़ाब
टूटते देखे तो होंगे बारहा तूने हबाब[86]
मरके भी दरिया के सीने से कहीं जाते नहीं
रहते हैं दरिया ही में लेकिन नज़र आते नहीं

यूँ ही तेरी शमअे-सोज़ा[87] भी तेरी महफ़िल में है
मरनेवाला आँख से ओझल है लेकिन दिल में है
जो चिता में जल रहा है वो तेरे पहलू में है
काँपते होंठों में है हिलते हुए आँसू में है

यह कहा शायर ने और कुछ देर आँखें बन्द कीं
देखते ही देखते बेवा की आँखें खुल गईं
हँस के फिर कहने लगी बाबा निराविसवास[88] था
दूर मैं जिसको समझती थी वो मेरे पास था

ये कहा और दफ़अतन[89] दिल में चमक पैदा हुई
ज़ुल्फ़ में ताबन्दगी[90] रुख़ पर दमक पैदा हुई
सहने-ग़म में[91] बाग़े-इशरत[92] की हवा आने लगी
कान में राहत के नग़्मों की सदा आने लगी

ज़ेरे-लब कहने लगी, आलम है क्या तनवीर का[93]
दिल मेरा शीशा है उनकी चाँदसी तस्वीर का
है कोई जल्द आए शादी का मेरी सामाँ करे
बद्धियाँ[94] आकर पिन्हाये माँग सन्दल से भरे

फूल बरसें जल्द अँगनाई को भरने के लिए
ज़रफ़शाँ ताऊस[95] आएँ रक़्स करने के लिए
अब्र से कह दो कि मेरी ज़ुल्फ़ पर साया करे
जश्न की[96] देवी किधर है बज़्म में जलवा करे

कह दो मश्शाता से[97] आए रंज खोने के लिए
ख़म-ब-ख़म[98] ज़ुल्फ़ों में फिर मोती पिरोने के लिए
इशरते-जावेद[99] बाँदी है मेरे अहकाम की[100]
अब सखी ! नैरंगियाँ आजिज हैं सुब्ह-ओ-शाम की

सरमदी नग़्मों को[101] है अब रब्त[102] मेरे साज़ से
आशिया[103] ऊँचा है मेरा वक़्त की परवाज़[104] से
हुक्म रक़्क़ासा[105] को दो छागल पहनकर पाँव में
आए पिछली रात तारों की सुहानी छाँव में

ख़ाक तुलसी की नज़र से रश्के-गुलशन हो गई
मारफ़त[106] में डूबकर बेवा सुहागन हो गई

सन्दर्भ

1. प्रसन्न चित्त 2. आकाश की 3. चालों से 4. वार्त्तालाप 5. ज्ञान 6. बेला 7. जगह-जगह 8. फटे हुए 9. मिट्टी 10. थका हुआ पक्षी 11. पहाड़ और जंगल 12. बादल की गरज 13. लगातार रुदन 14. ऊषा की लालिमा 15. पहाड़ और जंगल 16. काँटों और घास में 17. बादल 18. आकाश 19. गुप्त दुख 20. अँधेरे 21. अन्धकार 22. दुर्घटना 23. प्रलयकारी 24. दुख के वेग 25. वायुमंडल 26. व्याकुल 27. सुनहरे माथे 28. दुख की सियाही 29. मलीन चेहरा 30. अत्याचार की तलवार 31. सिर झुकाए हुए 32. चक्कर काटते 33. मौत की तैयारी 34. निराशापूर्ण 35. बदन 36. हवा की लहर 37. सुगन्ध 38. परिक्रमा 39. गीत 40. मुस्कान 41. बनाव सिंगार 42. बलि-वेदी जिसे देख शिक्षा मिलती है 43. मृत्यु 44. सन्तुष्ट 45. आँसुओं के बहाव की बाढ़ 46. नाराज़, ख़फ़ा 47. जीवन के कमाल का रहस्य 48. गहरी निद्रा का संसार 49. जीवन का परिणाम 50. जीवन सन्देश 51. शेष जीवन का भेद 52. जीवन का ताज 53. संसार की व्यवस्था 54. सृष्टि की नाड़ी 55. आत्माओं का संसार 56. कोमल चाल चलनेवाली 57. छोटी आयु की 58. अत्यधिक लज्जा से 59. दुखी आत्मा 60. पागलों की भाँति 61. ग़म की गोद में 62. विरह की पीड़ा 63. आवाज़ 64. अर्ज़ = धरती, समा = आकाश 65. नर्मी के साथ 66. ज्ञान 67. जीवन दोषों से भरा है, यह एक ऐसी बात है जो समझ में न आ सके 68. जीवन को पूर्ण बनाने के नियम की डोरी 69. मृत्यु एकाग्रता है और जीवन परस्पर विरोधी बातों का संग्रह है 70. सीमित 71. असीम 72. मृत 73. मरते नहीं 74. पिंजड़ा 75. पक्षी 76. आन्तरिक एकता 77. आत्मा की कानाफूसी 78. विस्तार 79. गुलाब की तर पंखुड़ी 80. भँवर 81. तूफ़ानी हवा 82. आत्मा की अमानत रखनेवाला 83. दृढ़ सम्बन्ध 84. आत्मप्रदर्शन करनेवाले प्रेम की नींव 85. रूप परिवर्तन 86. बुलबुले 87. जलती शमा 88. भ्रम 89. अकस्मात 90. चमक 91. दुख के आँगन 92. आनन्द वाटिका 93. ज्योति 94. बद्धी 95. सोने की वर्षा करनेवाले मोर 96. उत्सव 97. कंघी चोटी करनेवाली 98. पेचदरपेच 99. अमर आनन्द 100. आज्ञाओं 101. स्वर्गीय, संगीत 102. स्नेह 103. घोंसला 104 उड़ान 105. नर्तकी 106. ज्ञान।

आलमे-ख़याल

अहमद अली 'शौक़' क़िदवाई

यह मसनवी भी एक शृंखलाबद्ध काव्य रचना है जिसमें कोई कथानक नहीं है। इसके लेखक का तख़ल्लुस (उपनाम) भी 'शौक़' है लेकिन इसके लेखक शौक़ क़िदवाई ज़हरे-इश्क़ के लेखक मिर्ज़ा शौक़ लखनवी से अलग हैं। एक स्त्री का पति परदेस चला गया है और परदेस से घर तक पति-पत्नी का पत्र-व्यवहार छन्दबद्ध करके इस मसनवी में पेश किया गया है।

बातें हल्की फुल्की हैं और आए दिन के भाव विचार छन्द-बद्ध किए गए हैं। किस सफलता से भावों को मुखरित किया गया है इसका अन्दाज़ा नज़्म को पढ़ने ही से होता है। शौक़ क़िदवाई ने अपने ऊपर इस कविता के रचने में एक बन्धन लगा लिया है वह यह कि पूरी कविता में एज़ाफ़त (समास) नहीं आने पाई है। औरतें बहुत ठेठ भाषा बोलती हैं। इज़ाफ़त से बचकर कवि ने ठेठपन की पूरी शान क़ायम रक्खी है। बातें बहुत ही स्वाभाविक हैं। एक खाते-पीते घराने की नौजवान बधू का जीवन पति के लम्बे अरसे के लिए परदेस चले जाने के बाद अजीरन हो जाता है। एक-एक पल एक बोझ बन जाता है। ये छन्दबद्ध चिठ्ठियाँ मज़ेदार शिकायतों से और पवित्र भावों से भरी हुई हैं। हमारे समाज ने औरत को आर्थिक, सामाजिक या राजनैतिक जीवन में हिस्सा लेने से रोक रखा है। ये बन्धन अब कुछ ढीले पड़ चले हैं। लेकिन अब से लगभग चालीस बरस पहले जब ये कविता रची गई थी उस समय औरत केवल गृहलक्ष्मी थी लेकिन एक तो शहर की ज़िन्दगी में गृहलक्ष्मी का अर्थ उतना भरपूर नहीं हो सकता जितना कृषि जीवन में होता है। दूसरे अब सम्मिलित परिवार की प्रथा टूट चुकी है और पति भी परदेस चला गया है कई एक बाल-बच्चे भी नहीं हैं तो गृहलक्ष्मी का अर्थ अकेले और बेकार ढंग से जीनेवाली स्त्री हो जाता है। इस अकेलेपन में पति

की याद जिस तरह स्त्री को आती है, जो बातें, जो भाव विचार उसके दिल में उठते हैं वो सब किस कुशल रूप, किस नर्मी और स्वाभाविकता-से इस कविता में दिखाए गए हैं इसे इस मसनवी के पाठक स्वयं देख सकते हैं।

चिट्ठियों द्वारा या चिट्ठियों के रूप में छन्द-बद्ध रचना करना काफ़ी अभ्यास और साधन चाहता है। अगर कवि को सफलता हो जाए तो बड़ी मनोरंजक रचना हाथ आ जाती है। पत्र-लेखन एक ऐसा काम है जो दुनिया में करोड़ों आदमी करते हैं लेकिन बिरले ही पत्र गद्य में भी साहित्यिक गुणों से और साहित्यिक सौन्दर्य से अलंकृत हो पाते हैं। पद्य में तो ऐसा कर सकना और भी कम देखने में आता है। इन पत्रों में घरेलू जीवन, स्त्री के दिल की दुनिया और पति-पत्नी सम्बन्ध की अनेक झलकियाँ मिलती हैं। हल्की-फुल्की बातों, प्रेम-भरी शिकायतों, गृहस्थ जीवन के साधारण ब्योरों को फूलों या मोतियों की तरह पत्रों के सूत में पिरो देना बहुत दिलचस्प चीज़ है। कुछ लोगों का निर्मूल विचार है कि औरत का चरित्र-चित्रण या स्त्री का सम्मान उर्दू कविता में नहीं मिलता। राग-विराग में जो कविताएँ संकलित की गई हैं यदि केवल इन्हीं को देख लें तो इसका पता चल जाएगा कि उर्दू कविता में स्त्री-संसार के अनेक दृश्य और महिलाओं के चरित्र के अनेक नमूने पेश किए गए हैं।

इन छन्दबद्ध पत्रों में बात-से-बात, बात पर बात, शृंखलाबद्ध विचार आपस में गुँथे हुए भाव बहुत नर्मी के साथ व्यक्त किए गए हैं। बहुत कोमल प्रवाह के साथ मसनवी का एक शेर लहराकर दूसरे शेर से मिल जाता है और धारा प्रवाह ढंग से कविता आगे बढ़ती चली जाती है। साधारण परिस्थितियों को बहुत ही मनोरंजक बना दिया गया है। यह सच है कि बहुत गहरे भाव या तीव्र भाव इस कविता में न मिलें लेकिन हर भाषा के काव्य साहित्य में हल्के-फुल्के या छिछले ढंग से सफल काव्य रचना एक बहुत बहुमूल्य साहित्य सेवा है। सहज और सरल वाक्य जब मामूली बातें कह चुकते हैं तब इस योग्य हो जाते हैं कि उनके द्वारा गहरी और तीव्र भावों से भरी हुई कविताएँ भी की जा सकें।

आलमे-ख़याल

(कल्पना लोक)

पहला रुख़

एक औरत का शौहर परदेस में है वह उसकी याद में लीन अपने ख़्यालों से बातें कर रही है–

आज अधमरे ख़याल तू कहाँ-कहाँ गया
दिल भी तेरे साथ था तू जहाँ-जहाँ गया
तूने रुख़ जिधर किया दिल का रुख़ उधर फिरा
तू फिरा जो यास से दिल भर आया सर फिरा

जब से वो जुदा हुए तब से उनका ध्यान है
उनसे मुझको उन्स[1] है उनमें मेरी जान है
जाके फिर मेरी ख़बर क्यों न ली, सितम किया
मेरी याद मेरी चाह क्यों न की सितम किया

मुझसे क्यों ख़फ़ा हैं वो फिर गई नज़र तो क्यों
दिल नहीं इधर तो क्यों रुख़ नहीं इधर तो क्यों
मेरे रुख़ से दूर है वो निगाह अब कहाँ
उनका प्यार अब कहाँ उनकी चाह अब कहाँ

मैं वही हूँ या नहीं वो वही हैं या नहीं
उनके दिल की हालतें वो रही हैं या नहीं
सावन और ये घटा मैं कहीं हों वो कहीं
हुस्न ये उन्हीं का है और वो देखते नहीं

साथ वालियों के साथ झूलने को जाऊँ क्या
दिल वहाँ है वो जहाँ बेदिली से गाऊँ क्या
पेंग आएँ जाएँगे और हिलेगा दिल मेरा
मिल के क्या मैं गाऊँगी क्या मिलेगा दिल मेरा

खुल पड़ेगी खुदबखुद चाह हर सदा के साथ
मुँह से बाहर आएगी आह हर सदा के साथ
करती हैं जिगर का ख़ून हमसिनें[2] जो साथ हैं
वो लगा रही हैं आग जिनके लाल हाथ हैं

और भी लगाई आग लावनी ने फूलकर
पेड़ पर मेरी नज़र फिर पड़े न भूलकर
ये शबाब की[3] उमंग अब किसे दिखाऊँ मैं
रुख़ का लाल-लाल रंग अब किसे दिखाऊँ मैं

लाल ये कहाँ रहा ज़र्द होके रह गया
रंग अब कहाँ है रंग गर्द होके रह गया
जिस्म वो नहीं रहा इसमें कस नहीं है अब
होंठ वो नहीं रहे इनमें रस नहीं है अब

जोंक बन के रात दिन चूसता है ग़म लहू
ज़र्द हो गया बदन रह गया है कम लहू
काजल और मिसी का लुत्फ़ जब नहीं वही तो क्या
आईना में खुद ही मैं देखती रही तो क्या

आरसी को फेंक दूँ, मुँह लगा के क्या करूँ
बन सँवर के क्या करूँ, पान खाके क्या करूँ
ज़ेवर अब पहन चुकी जीसे अब उतर चुका
जाय भाड़ में सिंगार दिल अब इससे भर चुका

किससे नाज़ अब करूँ मेरे नाज़[4] उठाए कौन
रूठने को रूठ लो लेकिन अब मनाए कौन
किससे अपने दिल का भेद अब मैं खुल के कह सकूँ
किसके साथ बेझिझक अब मैं मिल के रह सकूँ

माँगती जो कोई चीज़ उनसे मुस्करा के मैं
हँसते उसको देके वो हँसती उसको पाके मैं
दिल में अब_लगी है आग दिल्लगी वो ले गए
अब हँसी का मुँह कहाँ सब हँसी वो ले गए

या तो मुझसे छीन ले उनकी याद ए खुदा
या तो उनको लाके कर मुझको शाद ए खुदा
या तो कर सिड़िन[5] मुझे होश में न आऊँ मैं
या तो अपने होश में उनको देख पाऊँ मैं

काम कुछ न कर सका ए ख़याल जाके तू
मुझसे कुछ न कह सका उनका हाल आके तू
तूने मेरे दिल का दर्द उनसे कुछ कहा भी था
उनसे मिल के मुझको याद मेरा ग़म रहा भी था

क्या मैं तुझसे पूछ उठी तू पयामबर[6] नहीं
तुझमें गो रसाई[7] है गुफ़्तगू[8] मगर नहीं
गुफ़्तगू न हो तो ख़ैर, दिल पै तेरा बस तो है
दिल की दिल को दे ख़बर हाँ ये दस्तरस[9] तो है

फिर के उनके दिल के गिर्द घेरना ज़रूर था
उनके दिल को मेरी सिम्त[10] फेरना ज़रूर था
उनके दिल में करके राह क्यों न उसमें की जगह
तू तो था मेरा ख़याल क्यों न ली मेरी जगह

उनके दिल में मेरी जा शायद अब नहीं रही
छिन गई मेरी जगह और मैं यहीं रही
शायद और कोई शक्ल खुब[11] गई निगाह में
कोई रोक हो गई इस तरफ़ की राह में

तोबा होके बदगुमाँ[12] मैंने की ख़ता ज़रूर
चाहे वो कहीं रहें उनमें है वफ़ा ज़रूर
काश ओ ख़याल तू अब न आए मेरे पास
काश उनकी याद तू अब न लाए मेरे पास

या मेरी नज़र को ले और उनके पास जा
मुझसे तू जिगर को ले और उनके पास जा
देख ले नज़र उन्हें देख लें जिगर को वो
आए मुझ पै कुछ तरस आएँ अपने घर को वो

घर का नाम ख़ाक लूँ बन के ये बिगड़ चुका
इस पै ओस पड़ चुकी मिट चुका उजड़ चुका
छत टपकती है तो उँह कौन उसकी ले ख़बर
रो रही हूँ मैं इधर रो रही है वो उधर

रंग ख़ाक में मिला ख़ाक रंग पर चढ़ी
रंग उसी क़दर घटा ख़ाक जिस क़दर बढ़ी
मैं ही ख़ाक में मिली घर की फ़िक्र ख़ाक हो
उनका जिक्र छोड़कर घर का जिक्र ख़ाक हो

वो पलंग उन्हीं का है इस पै अब रहे तो कौन
खुद ही जाके वो रहें जाके ये कहे तो क़ौन
अट गया है ख़ाक में गर्द हो गया पलंग
आएँ वो तो मुझसे लें और एक नया पलंग

ज़िक्र क्या पलंग का ये ज़रासी चीज़ है
मुझको अपनी जान तक उनसे कब अज़ीज़[13] है
राह उनकी रोक लूँ, अब जो उनको पाऊँ मैं
पुतलियों में दूँ जगह सामने बिठाऊँ मैं

बाल अपने खोलकर उन पै जाल डाल दूँ
जब ज़रा क़दम हिलें उन पै बाल डाल दूँ
ऐं ! ये बोलता है कौन दर्द जिसके दिल में है
गर्म आती है हवा आग इसके दिल में है

कोई आके पेड़ पर कह रहा है 'पी कहाँ'
पी कहीं हैं मैं कहीं क्या कहूँ है जी कहाँ
जी रही हूँ मैं मगर जी मेरा है पीके साथ
पास हूँ कि दूर हूँ हैं वो मेरे जीके साथ

आई उनके सिम्त से और बू भी लाई तू
आज ओ हवा ज़रूर उनको छूके आई तू
उनसे मिल के आई है आ तेरी बलाएँ लूँ
तूने खुश किया मुझे आ तुझे दुआएँ दूँ

जाके उनके पास फिर तू जो उनको ला सके
दर्द दिल का जा सके चैन दिल में आ सके
ओ दिल और क्या करूँ तेरे दर्द का इलाज
ख़त में रख के भेज दूँ तुझको उनके पास आज

शर्त है कि मेरे पास फिर पलट के आए तू
अपने ख़ून की क़सम देके उनको लाए तू
यूँ न आएँ तो मैं लूँ 'शौक़' की कशिश[14] से काम
खिंच के आएँ इस तरह तो न लें उधर का नाम

दूसरा रुख़

औरत अपने शौहर के आने की उम्मीद में है। शौहर का ख़त परदेस से आया कि वह अभी नहीं आ सकता। औरत बेचैन होकर शौहर को ख़त लिख रही है और अपने ख़्यालात ज़ाहिर कर रही है—

पाके तुम्हारे ख़त को आज दिल की तड़प बढ़ी कुछ और
दिल में भड़क के ग़म की आग ज़िस्म पै तप[15] चढ़ी कुछ और
आने का आसरा कहाँ याससे[16] वो बदल चला
दिल मेरा आँसुओं के साथ बनके लहू निकल चला

दरकी[17] तरफ़ थी जो निगाह याससे अब ज़मीं पै है
हाथ कभी जिगर पै है और कभी जबीं[18] पै है
ज़ोफ़[19] से जिस्म लट चला रूह बदन से हट चली
चेहरे का रंग कट चला नब्ज़ की चाल घट चली

ख़त से पड़ी जिगर पै चोट दाग़ हरे हुए हैं आज
तुमसे हज़ारहा गिले[20] दिल में भरे हुए हैं आज
ख़त ही तुम्हारे हाथ का पढ़ती हूँ इसको बार-बार
खोलती हूँ हज़ार बार चूमती हूँ हज़ार बार

जिनसे लिखा गया है ख़त काश वो अँगुलियाँ मिलें
मेरा ख़याल चूम लें जाके वहीं जहाँ मिलें
खुद भी गए तुम और चैन छीन के मुझसे ले गए
मुझको सिड़िन बना गए मुझको जनून[21] दे गए

सबके जिगर में ख़ून है मेरे ज़िगर में दर्द है
सबका शबाब लाल है मेरा शबाब ज़र्द है
एक तुम्हीं थे मेरा ऐश बन गए ग़म तो क्या करूँ
पहले तुम्हीं थे मेरा चैन अब हो सितम तो क्या करूँ

ऐश को खो गए हो तुम आओ तुम्हीं तो फिर मिले
चैन को ले गए हो तुम लाओ तुम्हीं तो फिर मिले
तुम न सितम करो तो क्यूँ दिल मेरा बेक़रार हो
मैं नहीं चाहती कि तुम मेरे गुनहगार हो

क्या मैं खुदा के सामने तुमको सज़ा दिलाऊँगी
अपनी वफ़ा के नाम को ख़ाक में क्यों मिलाऊँगी
छुप गए पुतलियों से तुम इनको नज़र न आओगे
ये तो कहो कि किस तरह दिल से निकल के जाओगे

दिल में जमे हो तुम मगर चूस रहे हो ख़ून को
सर में ख़याल बन के तुम देते हो शह[22] जनून को
बन के लहू तुम्हारी याद दौड़ रही है जिस्म में
जान यही है जिस्म में रूह यही है जिस्म में

दम मेरा लू से बढ़के गर्म दिल मेरा बेहवास है
जिस्म में जल गया लहू और अभी तप को प्यास है
माँगती हूँ मैं तुमसे भीक दो तो कोई ज़रर[23] नहीं
चाहती हूँ मैं तुमसे रह्म माल नहीं ये ज़र[24] नहीं

रह्म से मेरे दिल को चैन दोगे तो दे सकोगे तुम
अपने ख़ुदा से ये सवाब[25] लोगे तो ले सकोगे तुम
अपना ख़याल तक नहीं चाह के जोश में मुझे
एक तुम्हारी याद हाँ लाती है होश में मुझे

आईने में है एक चीज़ चैन मुझे इसी से है
उन्स है तो इसी से है और नहीं किसी से है
देखती रहती हूँ इसे प्यार के साथ बार-बार
इसकी बलाएँ लेने को बढ़ते हैं हाथ बार-बार

है ये तुम्हारी ही शबीह[26] और ये मेरी जान है
इसमें तुम्हारा हुस्न है इसमें तुम्हारी शान है
जान तो मेरी है मगर कुछ नहीं बोलती तू क्यों
देखती है मुझे ज़रूर मुँह नहीं खोलती तू क्यों

शक्ल ही ये तुम्हारी है तुम हो ख़फ़ा तो ये भी है
दूर तुम और चप शबीह वो जो ख़फ़ा तो ये भी है
तुम नज़र आ ही जाते हो ए वो ख़याल ही सही
कुछ नहीं तो शबीह से, सिर्फ़ जमाल[27] ही सही

तुमसे मेरे नसीब में शायद अभी करम नहीं
वो हैं बड़े ही ख़ुशनसीब हिज्र[28] का जिनको ग़म नहीं
रहती हैं शौहरों के साथ खूब सिंगार करके वो
हँसती हैं खिलखिलाके वो तनती हैं बन सँवर के वो

रुख़ पै शबाब की बहार रंग से दोनों गाल लाल
माँग पै मोतियों का हुस्न पान से होंठ लाल लाल
वो जो लचक के हिल पड़ें शाख़ गुलों की हिल पड़े
होंठ जो हँस के खुल पड़े गुल की कलीसी खिल पड़े

बाल खुल तो खाके बल दिल को लपेट ले गए
दिल में थे जितने वलवले सबको समेट ले गए
कुछ तो है खुद बदन में कस तनती हैं कुछ अदा के साथ
कुछ तो है हुस्न क़ुदरती बनती हैं कुछ अदा के साथ

लेने को शौहरों के दिल लुत्फ़ है बात-बात में
हुस्न है अपनी घात में नाज़ है अपनी घात में
मुझको है ग़म तो फिर सिंगार कौन करे तुम्हीं कहो
देख के हुस्न मुझको प्यार कौन करे तुम्हीं कहो

रखते नहीं ये होंठ रंग रखते नहीं ये गाल रंग
तुम नहीं तो नज़र में है ख़ून का रंग लाल रंग
काजल उड़े करूँ न अब इसकी तरफ़ निगाह मैं
कहता है आँसुओं के साथ होती हूँ रूसियाह[29] मैं

ख़ाक में चूड़ियाँ मिलें जी को जला रही हैं ये
भाड़ में जाएँ बिजलियाँ आग लगा रही हैं ये
बार हैं पत्ते बालियाँ ख़ार हैं चूहे दंतियाँ[30]
किसको दिखाऊँ अपने कान अब मैं पहन के अंतियाँ[31]

देती है दाग़ आरसी मैं न छुऊँगी अब इसे
आती हूँ ज़र्द रू नज़र देखती हूँ मैं जब इसे
बस इसे मैं पहन चुकी दिल पै गिराँ है ज़ेवर अब
तुम नहीं देखते सिंगार ख़ाक फबे ये मुझ पै अब

बक्स में इसको करके बन्द सब मैं तुम्हीं को भेज दूँ
था ये तुम्हारे ही लिए अब मैं तुम्हीं को भेज दूँ
मुझको तो चाहते नहीं शौक़ से आके देखना
चाहते हो जिसे वहाँ उसको पिन्हा के देखना

तंज़ से[32] क्या ये कह उठी शोख़ मेरी ज़बाँ हुई
है ये ज़बाँ गुनाहगार मैं नहीं बदगुमाँ हुई
तुम में वफ़ा हो या न हो मैं ये कहूँगी है ज़रूर
हाँ ये कहूँगी राह को रोके है कोई शै ज़रूर

आओ न आओ मैं शबाब तुम पै निसार कर चुकी
तुम मुझे प्यार कर चुके मैं तुम्हें प्यार कर चुकी
किससे कहूँ मैं दिल का हाल सोच में हूँ पड़ी हुई
लेट गई तो आया सोच बैठ गई खड़ी हुई

होती हूँ तंग करवटें ग़म से बदल-बदल के मैं
काटती हूँ सिड़िन की तरह रात टहल-टहल के मैं
फोड़ के मुँह जो कोई चीज़ माँग उठी तो ज़क[33] मिली
आए पसन्द ऐसी चीज़ मुझको न आज तक मुझे मिली

तेल को मैं तरस गई बाल मेरे चिकट गए
मैं ही लुटी तो बाल क्या उँह वो बला से लट गए
जैसी फँसी बला में अब और कभी फँसी नहीं
दिल पै कभी ख़ुशी नहीं मुँह पै कभी हँसी नहीं

मेरी ख़ुशी की ज़िन्दगी अक़्द[34] से पेशेतर रही
साथ तुम्हारा क्या हुआ छूट के तुमसे मर रही
जज़्ब के वलवले हज़ार ये मुझे सब अज़ाब[35] हैं
सब मेरे दिल का जोश हैं सब मेरा इज़्तराब[36] हैं

क्यों मैं अज़ाब कह उठी चूक है ये क़सूर है
हिज्र में जज़्ब[37] ही से है दर्द को जो सुरूर है
जज़्ब में काश हो ये ज़ोर जो तुम्हें लाए खींचकर
घर मेरे पुतलियों के हैं इनमें बिठा ये खींचकर

चाह के रुख़ खिंची हूँ मैं काहरुबा[38] से जैसे घास
दिल है तपिश से बेक़रार तेज़ हवा से जैसे घास
काहरुबा से घास को खींचती हूँ हज़ार बार
जज़्ब को मैं दिखाती हूँ ज़ोर कशिश का बार-बार

अब भी न ये करे कशिश तो इसे कोई क्या करे
जज़्ब का नाम जज़्ब ही फिर न रहे ख़ुदा करे
दिल मेरा ले गए हो तुम इसको न छोड़ दूँगी मैं
तोड़ चुके जो तुम तो ख़ैर लाओ तो जोड़ लूँगी मैं

काँप के दिल में लाओ ख़ौफ़ अपने ख़ुदा का तुम कभी
अपनी वफ़ा से दो जवाब मेरी वफ़ा का तुम कभी
सिर्फ़ तुम्हारी दीदकी[39] तुमसे हूँ तालिब[40] और बस
सिर्फ़ तुम्हारी आरज़ू मुझ पै है ग़ालिब[41] और बस

फिर के तुम्हारी शक्ल से दिल न हटा न हट सके
और किसी तरफ़ कभी ध्यान बटा न बट सके
झूठ जो मैं ज़रा लिखूँ तो हो ख़फ़ा मेरा ख़ुदा
चाह को मुझसे छीन ले दे ये मुझे सज़ा ख़ुदा

तोबा[42] ! ये क्या मैं बक गई तोबा ! ये क्या मैं कह गई
चाह तुम्हारी जब छिनी फिर तो मैं कुछ न रह गई
चाह का नाम सेह्‌र[43] है तुम पे असर करे ये काश
जज़्ब से खींचकर तुम्हें रूख़ को इधर करें ये काश

ग़म से दबी ख़ुशी मगर चाह की ये ख़ता नहीं
हिज्र है जब कि चोट से दर्द की इन्तहा नहीं
ज़ब्त की कोई हद भी है चाह को मैं चुपा चुकी
ग़म की तो कोई हद नहीं कम न हुआ मैं खा थकी

अश्क[44] तो बहते हैं मगर अश्क नहीं निगाह में
बढ़के ये मोतियों से हैं मुझको तुम्हारी चाह में
आँचल अगर हो तर तो मैं ख़ुश्क करूँ निचोड़कर
सास के पास जाऊँ तो मुँह को उधर से मोड़कर

रहती हूँ सबसे मैं अलग ताकि न ताड़ जाएँ लोग
रोती हूँ सबसे छुप के मैं ताकि न देख पाएँ लोग
आती हैं हमसिनें मगर मुझमें नहीं हँसी मेरी
शर्म से क्या कहूँ कि वो ले गए दिल लगी मेरी

मैं न कहूँ ज़बाँ से कुछ खुलता है दर्द रंग से
देखती हूँ वो ग़म की शक्ल चेहरे के ज़र्द रंग से
पूछती हैं तो क्या कहूँ छेड़ती हैं तो क्या करूँ
साध के चुप लहू के घूँट बैठी हुई पिया करूँ

भूलने को जो वो कहें जाऊँ मैं उठ के जब्र से
गाएँ तो गाऊँ उनके साथ ग़म को छिपा के सब्र से
सावन अगर मैं गाऊँ भी तो वही जिसमें दर्द हो
राग में खींचे औरत आह दर्द जब उसका मर्द हो

गाने का दम ही किस में है तान निकलती ही नहीं
साँस में ज़ोर ही नहीं खुलके ये चलती ही नहीं
पहले लचक के नाज़ से खाती थी मैं हज़ार बल
तुम नहीं अब तो ज़ोफ़[45] से खाती हूँ बार-बार बल

ज़ोफ़ का हाल क्या कहूँ ज़ोर को रंज खा गया
आह के साथ बारहा दिल मेरा मुँह तक आ गया
पाल गए हो तुम चकोर होती हूँ इससे शाद मैं
लेके इसी को गोद में करती हूँ तुमको याद मैं

चाँदनी रात में मगर देते हो ग़म ज़रूर तुम
इसकी नज़र में चाह है मेरी नज़र में दूर तुम
चाँदनी रात सर्द है करती है दिल को सर्द वो
तुम मेरे चाँद मुझसे दूर मेरे लिए है दर्द वो

शबको[46] पतिंगे आते हैं गिरते हैं वो चिराग़ पर
और जलाते हैं मुझे देते हैं दाग़-दाग़ पर
पाऊँ तुम्हें तो हूँ निसार गिर्द फिरूँ उसी तरह
तुमसे मिलूँ उसी तरह तुम पै गिरूँ उसी तरह

तुम मुझे क्यों न ले गए चल दिए मुँह को मोड़कर
चल दिए मुझको छोड़कर चल दिए दिल को तोड़कर
सास को मुझ पै रह्म क्या वरना वो रोकतीं तुम्हें
नन्द को मुझ पै क्या तरस, वरना वो टोकतीं तुम्हें

पाक मुहब्बत और मैं मिलने की फ़िक्र क्यों न हो
जोश वफ़ा का और दिल चाह का ज़िक्र क्यों न हो
जिनके दिलों में खोट हो उनको कहाँ वफ़ा से काम
मुझमें वफ़ा है इसलिए ग़म में पड़ा खुदा से काम

हिज्र की काहिशों[47] के साथ ये मेरी नाज़ुकी ये सिन
मुझको सज़ा ये क्यों मिली सोच यही है रात-दिन
की नहीं मैंने कुछ ख़ता की हो तो भूल जाओ तुम
मुझको न देखना मगर ख़ैर से घर को आओ तुम

आओ जो तुम तो रुख़ पै मैं आँचल उठा के डाल लूँ
इसमें तो हर्ज कुछ नहीं झाँक के देखभाल लूँ
अब्र[48] उमंड के आ गया रोऊँगी इसके साथ मैं
अपने जिगर के ख़ून से धोऊँगी अपने हाथ मैं

बोल उठा वो मेरा मोर हाथ से अब तो दिल गया
मुझको न मिल सकोगे तुम इसको तो अब्र मिल गया
घर में है पेड़ अनार का इस पै पपीहे आते हैं
देख के मेरी बेकसी मुझ पै तरस वो खाते हैं

वो नहीं बैठते कभी पेड़ के ऊपर आके चुप
तुमको पुकारते हैं रोज़ शर्म से मुझको पाके चुप
अब्र उठे तो सुनके शोर रोती हूँ ख़ौफ़ खाके मैं
देखके बिजलियों की आग गिरती हूँ तिलमिला के मैं

तुम मेरे पास हो तो फिर ख़ौफ़ मुझे ज़रा न हो
वह्म से डर है डर से वह्म जब कोई दूसरा न हो
औरत अगर मैं हो पड़ी इसमें मेरी ख़ता नहीं
ये तो कहो कि तुम पै कुछ मेरा भी हक़ है या नहीं

पाँव खुदा ने क्यों दिए क्या इसी सेह्र के लिए
सब मेरे दिल के हौसले मुझसे हया ने ले लिए
परदा में रहके औरतें मरती हैं गो क़ज़ा[49] न हो
शर्म का हक़ अदा करें चाह का हक़ अदा न हो

अश्क मेरे टपक पड़े ख़त हुआ तर मैं क्या करूँ
भीग के कुछ बिगड़ गए हर्फ़ मगर मैं क्या करूँ
बँध गया आँसुओं का तार ख़ुश हूँ मैं देखकर इसे
बन गया मोतियों का हार पहने तुम्हारी याद इसे

सब्र से गुज़री मौत पर अब तो जिगर[50] करूँगी मैं
अपने बदन की आग से आप ही जल मरूँगी मैं
मुझको यक़ीन है कि तुम आके मुझे न पाओगे
आके न पाओगे तो क्या मेरी लहद पै आओगे

फ़ातहा[51] भी पढ़ोगे तुम हाथ उठा के या नहीं
रू को खुश करोगे तुम फूल चढ़ा के या नहीं
सब्ज़े[52] को देखना ज़रूर मुझ पै वो वार हो न जाए
नर्म रहे हरा रहे सूख के ख़ार हो न जाए

जान लबों से दे चुकी तुमको पयाम और बस
सुनती हूँ 'शौक़' हैं वहीं उनको सलाम और बस

तीसरा रुख़

शौहर ने औरत के ख़त का जवाब लिखा है—

तुम्हारे ख़त को देखकर नज़र इसी में घिर गई
तुम्हारी शक्ल ख़त के साथ पुतलियों में फिर गई
है लफ़्ज़-लफ़्ज़[53] ख़त का दर्द ग़म की दास्तान से
क़लम तुम्हारा दिल बना वो बोल उठा ज़बान से

तुम्हारे सब गिले बजा तड़प बजा अलम[54] बजा
तुम्हारी सब शिकायतें तुम्हारी सब क़सम बजा
वहाँ जो दिल में दर्द है यहाँ भी आह सर्द है
वहाँ जो रंग ज़र्द है यहाँ भी रुख़ पै गर्द है

उधर भी चोट इधर भी है न ताब उधर न ताब इधर
न चैन उधर न चैन इधर न ख़्वाब उधर न ख़्वाब इधर
उधर टहल के शब कटे इधर तड़प के शब कटे
ये सोच शाम ही से हो कि देखें रात कब कटे

तुम्हारा चैन मैं ही था जो दूर मैं तो दूर वो
सरूर[55] मेरे दम से था न मैं न अब सरूर वो
मेरी खुशी तुम्हीं से थी न तुम न अब खुशी मेरी
फ़िराक़[56] चैन ले गया रुला के सब खुशी मेरी

वो दिन ख़याल हो गए वो रातें ख़्वाब हो गईं
वो दो दिलों की राहतें सब इज़्तराब[57] हो गईं
न इन लबों पै वो हँसी न रुख़ पै अब वो रंग है
न रूह में वो ताज़गी न दिल में वो उमंग है

शबाब[58] रंग हुस्न उनकी सूरतें बिगड़ गईं
घरों में लूट पड़ गई तो बस्तियाँ उजड़ गईं
जहाँ न कोई दूसरा जो ग़म से पाक हो कहीं
तो हम तुम इस जहान से निकल चलें रहें वहीं

यहाँ हज़ार आफ़तें इन्हीं में दिल घिरा करे
यहाँ हज़ार गर्दिशें[59] इन्हीं में सर फिरा करे
वो मुल्क चल के ढूँढ़ लें जहाँ न आसमान हो
जहाँ न इसके ज़ुल्म से मुसीबतों में जान हो

जहाँ न हो अजल[60] कि इसको उसका दाग़ दे सके
जहाँ ज़मीन भी न हो कि गोर मुँह में ले सके
जहाँ न कोई फ़िक्र हो न भूख हो न प्यास हो
जहाँ न मैं उदास हूँ जहाँ न तुम उदास हो

तुम्हारे आँसुओं के दाग़ ख़त में जिस जगह पड़े
वो ख़त से मेरे दिल में आके दाग़ बन के रह गए
तुम्हारी उम्र हो दराज़ अजल का नाम छोड़ दो
लहदे[61] के मुँह में ख़ाक मुँह से ये क़लाम छोड़ दो

हवा लहद के सब्ज़े की भरे न फिर दिमाग़ में
है सब्ज़ा नर्म और हरा तुम्हारे ख़ाना बाग़[62] में
न तुम हो भूलने की शै न तुम हो छूटने की शै
क़सम ख़ुदा की तुम हो दिल में और दिल बग़ल में है

नज़र में खुब के नूर बन के तुम मेरी नज़र में हो
जमाल[63] बन के दिल में हो ख़याल बन के सर में हो
तुम्हारी मुस्कराहटों को आज याद कर रहा हूँ मैं
खिलें न दाँत इस अदा पै स्वाद[64] कर रहा हूँ मैं

वो लब वो उनकी जुम्बिशें मेरी नज़र को याद हैं
वो हलकी-हलकी चुटकियाँ मेरे जिगर को याद हैं
वो तिरछी-तिरछी चितवनें सितम करें फिरें जिधर
वो काली-काली पुतलियाँ कभी इधर कभी उधर

वो बाल खोलकर कभी झटक के सर को थामना,
लचक पड़े बदन तो फिर लपक के दर को थामना
लबों को अपने पोंछना वो आरसी को देखकर
न फैल जाए ताकि रंग पान का इधर-उधर

वो नाजुकी[65] कि तुमने कह के ये उतारी आरसी
गिराँ है मेरे हाथ पर जड़ाऊ भारी आरसी
वो नापसन्द लौंग का भवें चढ़ा के फेरना
वो मेरी सिम्त फिर नज़र को मुस्करा के फेरना

गिलौरियों की सूरतें वो खुशनुमा नई-नई
सफेद पान ऊपर और अन्दर उसके पिस्तई
वो सादगी तुम्हारी बाँकपन को शह[66] दिए हुए
वो शोख़ियाँ हया को अपनी गोद में लिए हुए

सहर के वक़्त फेंकना गले से हार उतार के
बिछौने से वो झाड़ना गिरें जो फूल हार के
वो हार मुझको याद है कहा था देखकर जिसे
हैं मूगरे के फूल कम नहीं पहनती मैं इसे

करख़्त बू हैं[67] सर में दर्द होगा दूर डाल दो
नहीं तो कामनी के फूल चुन के तुम निकाल दो
पलंग अपना खींचकर वो चाँदनी में लेटना
हवा सहर की[68] सर्द हो तो जिस्म को समेटना

ज़री करेब से वो चिढ़ कि चुभती है ये ख़ारसी[69]
पसन्द सिर्फ़ मलमल और गुलबदन बनारसी
वो चूड़ियों का फेरना कहा था देखकर जिन्हें
चुभेंगे इनके गोखरू न पहनूँगी कभी इन्हें

कहो बदल के लाएँ ऐसी चूड़ियाँ बड़े मियाँ
कि तीन-तीन[70] बाँस के चार-चार हों करेलियाँ
गिरा ज़मुर्रद[71] एक शब जो टूटकर बुलाक़[72] से
तुम उसको ढूँढ़ने लगीं चराग़ लेके ताक़ से

तुम्हें तो वो नहीं मिला मगर मैं उसको पा गया
दिया तो फिर तुम्हें मगर मैं उस घड़ी छुपा गया
मेरी हँसी पै वो तुम्हारा पेच-ओ-ताब याद है
वो त्योरियाँ चढ़ी हुई वो इज़्तराब याद है

ग़रज़ ख़ुदा से है दुआ कि तुम हो और जहान हो
तुम्हीं तो मेरी रूह हो तुम्हीं तो मेरी जान हो
तुम्हारा ज़ेवर और आए मेरे पास डाक पर
लगाया तीर तन्ज़का ये तुमने दिल को ताककर

तुम्हारी बदज़नी[73] बजा मगर ग़लत मगर ग़लत
ये आँखें बेवफ़ा नहीं तो पड़ती क्यों नज़र ग़लत
नज़र में तुम जिगर में तुम तो कौन दख़्ल पा सके
मकान सब घिरे हुए हैं कौन इनमें आ सके

क़सम तुम्हारे गेसुओं की जिनके बीच में है दिल
क़सम तुम्हारे साफ़ रुख़ की जिस पै है सियाह तिल
क़सम तुम्हारी पुतलियों की जिनकी हर नज़र बला
क़सम तुम्हारे अबरुओं की[74] जिसके बस में करबला

क़सम तुम्हारे उन लबों की जिनका रंग लाल है
क़सम तुम्हारे घुँघरुओं की जिनके बस में चाल है
क़सम तुम्हारे सर की जिसके बाल हैं बड़े-बड़े
क़सम नज़र की जिससे पाए ज़क[75] अगर नज़र लड़े

क़सम तुम्हारे दिल की जिसमें बारहा फिरा हूँ मैं
क़सम तुम्हारे वसवसों[76] की जिनमें अब घिरा हूँ मैं
क़सम तुम्हारे इस सुख़न[77] की तन्ज़ जिसका काम है
क़सम तुम्हारी उस छुरी की नाज़ जिसका नाम है

क़सम तुम्हारी इस हँसी की जिससे गुल खिला करे
क़सम तुम्हारी उस ज़बाँ की मुझसे जो गिला करे
क़सम तुम्हारे उस ग़ज़ब की सुर्ख़ जिससे गाल हों
क़सम तुम्हारी उस हिना की हाथ जिससे लाल हों

क़सम शिकन की जब जबीं पै[78] नाज़ इसको डाल दें
क़सम सदा क़ी बात को जब उँह के साथ टाल दें
क़सम गले की, जिससे जेब[79] मोतियों के हार को
क़सम दहन[80] की जिसके दाँत दें शिकस्त अनार को

क़सम है उँगलियों की दिल को छीन लें वो जब हिलें
क़सम है रुख़ के साए की ज़मीं पै जिससे गुल खिलें
क़सम है बेरुख़ी की जिसको फिरके रुख़ अयाँ[81] करे
क़सम है ख़ामशी की जब निगाह कुछ बयाँ करे

क़सम है तन की क़द्देआदम[82] आईना जिसे कहूँ
क़सम है क़द की जिसका साया बनके काश मैं रहूँ
क़सम तुम्हारी चाल की है, जिसके साथ हश्र[83] है
क़सम क़दम की जुम्बिशों की जिनके साथ नश्र[84] है

ग़रज तुम्हारे हुस्न की क़सम यक़ीन मान लो
मेरे जिगर में और दिल में हो तुम्हीं ये जान लो
यहाँ मैं आके पड़ गया तिजारतों के फेर में
जब इनमें गुत्थियाँ पड़ीं तो सुलझीं जाके देर में

न छोड़ो अपना आसरा न तोड़ो दिल को यास से
न तुम उमीद को हटाओ अपने दिल के पास से
गिले. न फिर गिले रहेंगे मुझको पाके एक दिन
हँसी बनेंगे सब गिले लबों पै आके एक दिन

मैं ख़त में चैन भेज दूँ जो तुमको चैन आ सके
नज़र तो पा ही जाएगी मगर जो दिल भी पा सके
ये ख़त है मेरे हाथ का इसी को चैन जान लो
मैं बीसवें दिन आऊँगा यक़ीन इसका मान लो

मैं इस ख़बर से खुश हुआ कि ज़िन्दा है चकोर भी
तुम्हारे पास है तुम्हारा वो हसीन मोर भी
पपीहे खुश रहें कि रोज़ वो मुझे बुलाते हैं
जो अब कहें वो 'पी कहाँ' तो तुम कहो कि आते हैं

ये ख़त तो ख़त्म हो चुका पयाम अब है 'शौक़' का
दुआएँ अब हैं शौक़ की सलाम अब है शौक़ का

चौथा रुख़

शौहर के ख़त में लिखा था कि मैं बीसवें दिन आऊँगा आज बीसवाँ दिन है। औरत इन्तज़ार में अपने ख़याल से बातें कर रही है–

ख़त को है बीसवाँ दिन आज आएँगे 'वो' ज़रूर ही
क्या मैं खिंची हुई रहूँ 'उन' की नज़र से दूर ही
'उन' की सदा सुने तो फिर हो न सके जिगर से सब्र
पाके 'उन्हें' कभी न हो तरसी हुई नज़र से सब्र

क्या मैं जिगर को थाम लूँ क्या मैं नज़र को फेर लूँ
क्या 'वो' उधर से आएँ तो रुख़ मैं इधर को फेर लूँ
'उनकी' कशिश[85] में आ के रुख़ फिर न सके तो क्या करूँ
दिल से करूँ तो ज़ोर में दिल जो थके तो क्या करूँ

और अगर न आए 'वो' हाय ये शक सितम का है
आ मेरे दिल में ओ उमीद वक़्त तेरे करम का है
शक से पड़ी मैं सोच में डरती हूँ रास आ न जाए
उससे चिढ़ी हुई हूँ मैं वो मेरे पास आ न जाए

आते ही यास का ख़याल काँप उठी हूँ डर के मैं
दर[86] नहीं दिल में वरना आज बैठती करके बन्द मैं
यास से हूँ जली हुई उसको मैं झोंकूँ भाड़ में
हट मेरे दिल से ओ शक आज यास है तेरी आड़ में

आएँगे या न आएँगे दिल मेरा काश बोल दे
नाखुन अगर बने तो ये शक की गिरह को खोल दे
बोल उठा वो मेरा दिल कहता है आ रहे हैं 'वो'
मेरे लिए बहुत-सा चैन तोहफ़े में ला रहे हैं 'वो'

देख रही हूँ आरसी चेहरे पै रंग आ गया
दिल ने किया है सुर्ख़रू[87] वरना कहाँ से पा गया
दिल को मिला कहाँ से रंग इसको मिला उमीद से
पाएगा ये कुछ और भी आज ही उनकी 'दीद' से

कल मेरे सर में था जनून आज है कुछ ग़रूर-सा[88]
कल मेरे दिल में था मलाल आज है कुछ सरूर-सा
अपने लबों पै बार-बार पाती हूँ मैं तबस्सुम[89] आज
खुश रहो ऐ मेरे लबो कहते हो और कुछ तुम आज

घर की ज़मीन जाग उठी सेह्न पै नूर छा गया
आएँगे 'वो' ज़रूर ही मुझको यक़ीन आ गया
नाच रहा है ख़ूब आज सुनके हुआ है मोर खुश
इसको भी मिल गई ख़बर फिरता है क्या चकोर ख़ुश

आके पपीहे पेड़ पर अब जो कहेंगे 'पी कहाँ'
उनसे कहूँगी हँस के मैं बैठे हैं देखो 'पी यहाँ'
दिल तो ख़फ़ा नहीं मगर मेरी नज़र झुकी रहे
बाद को बातचीत हो पहले ज़बाँ रुकी रहे

पाके 'उन्हें' रुके ज़बान इसमें कहाँ ये ज़ब्त है
इसको तो बोलचाल में 'उन' की ज़बाँ से रब्त[90] है
बनने को मैं बनूँ मगर बन भी सकूँगी या नहीं
तनने को मैं तनूँ मगर तन भी सकूँगी या नहीं

बन के शगुफ़्तगी[91] खुशी रुख़ से जो खिल पड़े तो फिर
लुत्फ़ के साथ करके मेल उनसे नज़र लड़े तो फिर
होंठ तो मेरे बस के हैं इनको सिखाऊँ जंग मैं
लेकिन उड़ाऊँ किस तरह रुख़ से खुशी का रंग मैं

तरसी हुई हैं पुतलियाँ चैन से कब ये रह सकें
शौक़ से बेक़रार हूँ गरचे ये कुछ न कह सकें
दिल ये कहेगा मेल कर लब ये कहेंगे बोल दे
हुस्न कहेगा हाथ से तू मेरे रुख़ को खोल दे

आप ही बढ़ चलेंगे पाँव आऊँगी हट के सामने
लाएँगी शोख़ियाँ मुझे घूँघट उलट के सामने
शकल कशिश की बन पड़ी दिल को जो रोकथाम लूँ
सब्र की दिल में ठान लू जब्र से[92] दिल पै काम लूँ

बन के बला मैं उनके सर आज पडूँ ज़रूर ही
दिल में हँसा करूँ मगर मुँह से लडूँ ज़रूर ही
ख़त में गिले मैं लिख चुकी और गिलों में लुत्फ़ है
होगी मज़े की नोक झोंक गरचे दिलों में लुत्फ़ है

आँख मेरी जो उठ ही जाए जल्द नज़र को फेर लूँ
सिर्फ़ नज़र ही को नहीं बल्कि, मैं सर को फेर लूँ
आएँ जो रुख़ की सिम्त 'वो' हाथों से मुँह छिपाऊँ मैं
झाँक के उँगलियों से हाँ देखूँ जो देख पाऊँ मैं

दाँत मेरे दबाएँगे ताकि रहे ज़बान बन्द
कुछ 'वो' कहें तो उँगलियाँ उठ के करेंगी कान बन्द
एक पलक से दूसरी बन्द रहे मिली रहे
जैसे अनार की कली सूख के बेखिली रहे

नीचे के लब पै दाँत हों और नज़र ज़मीं पै हो
हाथ मेरे जिगर पै हों और शिकन जबीं पै हो
मेरे लबों पै गर हँसी आए जो छेड़-छाड़ में
हाथ में लेके पंखियाँ मुँह को करूँगी आड़ में

लब न हिलें खुदा करे मैं जो उन्हें हिलाऊँ भी
'उनसे' मिलें न चितवनें मैं जो इन्हें मिलाऊँ भी
सर को जो मैं उठाऊँ भी तो न उठे झुका रहे
दिल को जो मैं बढ़ाऊँ भी तो न बढ़े रुका रहे

कुछ जो 'वो' दे तो यूँ न लूँ लूँ तो नहीं नहीं के बाद
लाख रुकावटों के बाद लाख चुनाँचुनी[93] के बाद,
बोल उठूँ तो हो जुदा उनसे रविश[94] ज़बान की
जो वो कहें ज़मीन की मैं कहूँ आसमान की

'वो' मेरे ख़त की चुटकियाँ याद दिलाएँगे मुझे
छेड़ने को हँसेंगे खुद और हँसाएँगे मुझे
मक्र[95] से बदगुमाँ बनूँ अपनी ही रक्खूँ टेक मैं
लाख नहीं नहीं करें उनकी न मानूँ एक मैं

दिल जो न माने तो उन्हें तिरछी नज़र से देख लूँ
या हैं किवाड़ में दरार जाके उधर से देख लूँ
मुझसे 'वो' माँगें या नहीं दूँगी ज़रूर पान मैं
फेर के मुँह बढ़ाऊँगी हाथ से ख़ासदान[96] मैं

मेरी दग़ा के जाल में क्या 'वो' उलझ ही जाएँगे
साफ़ हैं दिल की औरतें ये 'वो' समझ ही जाएँगे
'आई लबों पै वो हँसी' ये कहें और हँसाएँ तो
लाख दबाऊँ मैं मगर लब मेरे खुल ही जाएँ तो

दिल में जो गुदगुदी-सी हो, रुक न सके कभी हँसी
बातें ही ये हँसी की हैं आने लगी अभी हँसी
उँह, मुझे इसका सोच क्या दिल में तो रंज ही नहीं
अपनी वफ़ा को छोड़ दे दिल मेरा ऐसी शै नहीं

दिल में बसे हुए हैं 'वो' इसमें ख़याल उन्हीं का है
दिल मेरा है वो आईना जिसमें जमाल उन्हीं का है
फैले हैं रूह बनके 'वो' मेरे तमाम जिस्म में
मेरी हयात[97] हैं 'वही' जान है नाम जिस्म में

ओ मेरे दिल ! कशिश कुछ और ताकि 'वो' खिंचके आ ही जाएँ
मैं उन्हें जल्द पा ही जाऊँ वो मुझे जल्द पा ही जाएँ
जंग को हो रही है देर और वो मज़े की बात है
दिल को लुभा ले नाज़ से हुस्न की ये भी घात है

अब तो ये फ़िक्र है कि आज कुछ तो सिंगार चाहिए
टूट गया है कल बुलाक़ सोने का तार चाहिए
शौक़ के पास भेज दूँ एक ज़रा-सा तार क्या
दाम न लें वो तो न लें तारका ऐसा बार क्या

हाथों में चूड़ियाँ हैं कम टूट के गिर गईं कई
आएँगे अब बड़े मियाँ उनसे मँगाऊँगी नई
मुझको भी सादगी पसन्द उनको भी सादगी पसन्द
पहनूँ सफ़ेद ही लिबास होगा उन्हें यही पसन्द

बेलें हों या हों बूटियाँ फबती हैं कामदानियाँ
चन्द दुपट्टे फाड़ लूँ रखी हैं जामदानियाँ[98]
बेलें कटाव की अभी चौक से मैं मँगा न लूँ
लाई है अच्छन एक बेल इसको भी लूँ मैं या न लूँ

बेल चिकन की है मगर कुछ भी नहीं धुली ख़राब
एक तो शरबती बुरी दूसरे तेपची ख़राब
किससे मँगाऊँ बेल मैं सबसे ख़फ़ा हैं देवर आज
लड़ के गए दुल्हन से वो बिगड़े हुए हैं तेवर आज

क्यों न कहूँ बुआ से मैं खुद वो बनाती हैं कटाव
चौक से लेती आए वो जाए जो लेने नानपाव
हार मैं गूँथ लूँ अगर फूल हों ख़ाना बाग़ में
अब के बरस तो मूगरा घर में खिला न बाग़ में

हो ही रहेगा ये तो सब मुझको ख़याल एक है
सास 'चुप ओ ज़बान चुप' ननद ज़रूर नेक है
उसकी-सी बिसकी[99] गाँठ और कोई न होगी शह्र में
रक्खी है मुँह में एक छुरी उसने बुझा के ज़ह्र में

जब वो जलन से लाल हो गाल हों गरम दो तवे
खुद तो है लेहसुन और दाँत जैसे छिले हुए जवे
देख के ये चमक-दमक वो मेरे रूप से जले
रेत में कोई जिस तरह जेठ की धूप में जले

आज मुझे भी है घमंड तंज़ का कुछ भी ग़म नहीं
उसको जो है 'किसी' पै नाज़ मैं भी कुछ उससे कम नहीं
लेती है दिल में चुटकियाँ करती है दिल का ख़ून वो
लाती है घर से अपने साथ मेरे लिए जनून वो
ऐ लो 'हज़ूर' आ गए बनती सँवरती ही रही
बन न पड़ा सिंगार कुछ हौसला करती ही रही

सन्दर्भ

1. स्नेह 2. हमजोलियाँ 3. जवानी 4. नाज़ नख़रे 5. पागल, सनकी 6. सन्देशवाहक 7. गो = यद्यपि, रसाई = पहुँच 8.वार्तालाप 9. शक्ति, सामर्थ्य 10. ओर 11. गड़ 12. भ्रम में पड़ के 13. प्रिय 14. आकर्षण 15. ज्वर 16. निराशा से 17. द्वार 18. माथा 19. दुर्बलता 20. शिकायतें 21. पागलपन 22. बढ़ावा 23. हानि 24. धन, सोना 25. पुण्य 26. तस्वीर 27. रूप 28. वियोग 29. काले मुखवाली 30. एक गहना 31. एक गहना 32. व्यंग 33. निराशा हुई 34. निकाह, विवाह 35. पाप 36. व्याकुलता 37. खिंचाव, आकर्षण 38. एक प्रकार का पीला गोंद जो घास के सूखे तिनकों को अपनी आकर्षण शक्ति से खींच लेता है 39. दर्शन 40. इच्छुक 41. छाई है 42. ईश्वर क्षमा करे 43. जादू 44. आँसू 45. दुर्बलता 46. रात 47. तकलीफ़ों, परेशानियों 48. बादल 49. मृत्यु 50. मरने का साहस 51. आत्मा की शान्ति के लिए ईश्वर से प्रार्थना 52. हरियाली को 53. शब्द-शब्द 54. दुख 55. ख़ुशी 56. वियोग 57. बेचैनी 58. जवानी 59. कालचक्र 60. मौत 61. क़ब्र 62. घर के बाग़ 63. रूप 64. सही करने का चिह्न, सही मानता हूँ 65. कोमलता 66. बढ़ावा 67. कड़ी गन्ध 68. प्रभात समीर 69. काँटे 70. एक चूड़ी का नाम 71. पन्ना 72. नाक में पहनने का एक गहना 73. बदगुमानी शंका 74. भौहों की 75. हार जाए 76. भ्रमों 77. बात, बोल 78. माथे पर 79. शोभा 80. मुँह 81. प्रकट 82. आदमक़द 83. प्रलय 84. प्रसार 85. आकर्षण 86. दरवाज़ा 87. सुर्ख़ = लाल, रू = मुख, प्रसन्नता, सफलता की प्रसन्नता से मुँह लाल 88. घमंड 89. मुस्कान 90. स्नेह 91. प्रफुल्लता 92. ज़बरदस्ती 93. टालमटोल 94. ढंग 95.छल 96. पान की थाली का डिब्बा 97. जीवन 98. एक महीन कपड़ा 99. विष।

ज़हे-इश्क़

'शौक़' लखनवी

उर्दू में छन्दबद्ध कथानक को मसनवी कहते हैं। उर्दू कवियों ने कई मशहूर मसनवियाँ लिखी हैं। मसनवी 'ज़हे-इश्क़' उर्दू की सबसे मशहूर और सबसे बदनाम मसनवी है। यह बदनामी पिछले पच्चीस बरसों के अन्दर बिल्कुल मिट गई—इस बदनामी को दूर करने के लिए अब से पचास बरस पहले मौलाना अल्ताफ़ हुसेन हाली ने क़लम उठाया था। उन दिनों मसनवी ज़हे-इश्क़ बहुत बदनाम थी। इसका कारण क्या था। एक नौजवान आदमी की एक नौजवान औरत से मुहब्बत की कहानी इतने प्रचंड, तीव्र और सफल ढंग से इस मसनवी में सुनाई गई है जिसकी मिसाल कहीं और न हम पा सकते हैं न सोच सकते हैं—एक तेज़ छुरी की तरह ये कहानी दिलों में उतरती चली जाती है। नाटक के रूप में ये कहानी जब अब से पचास बरस पहले रंगमंच पर दिखाई जाती थी और इस मसनवी के शेर गाकर सुनाए जाते थे तो लाखों नौजवान लड़के-लड़कियाँ लगभग पागल हो जाते थे। कइयों ने इस मसनवी के नायक और नायिका के अनुकरण में ज़ह्र खा लिया और आत्म-हत्याओं की एक लहर-सी दौड़ने लगी। इस तरह ये मसनवी इतनी सफल सिद्ध हुई कि अंग्रेज़ी सरकार ने इसका छपना, बिकना, पढ़ना और रंगमंच पर दिखाया जाना ग़ैर क़ानूनी क़रार दे दिया।

अब ज़माना बदल चुका है और जो बातें मौलाना हाली ने अब से पचास बरस पहले इस मसनवी की प्रशंसा में कही थीं उनकी सत्यता को अब पूरा समाज मानने लगा। एक नौजवान कहीं रहता था। सामने ही एक सौदागर का मकान था जिसकी एक नौजवान लड़की थी। नौजवान की आँखें लड़की से लड़ जाती हैं। दोनों छुप-छुपकर मिलने लगते हैं। बदनामी फैलती है। लड़की के माँ-बाप लड़की को बनारस भेज देना चाहते हैं ताकि दोनों का मिलना बन्द हो जाए। लड़की छुपकर अपने प्रेमी से मिलती है। यह उनकी मुलाक़ात की आख़री रात है। लड़की फैसला कर चुकी है कि वह सुबह को जह्र खा लेगी। यह रात प्रेम

और प्रिया-मिलन की आख़री रात है। लड़की प्रेमी को समझाती है कि बदनामी की ज़िन्दगी से मौत बेहतर है। नौजवान घबरा उठता है तो लड़की बहाना कर देती है कि मैं तो तुझे छेड़ने के लिए विष-पान की बात कर रही थी। पिछले पहर लड़की प्रेमी से बिदा होती है और घर आकर विष-पान कर लेती है।

एकलौती बेटी की मौत से सौदागर के घर-भर में कुहराम मच जाता है। जब जनाज़ा निकलता है तो लड़की के घरवाले और सैकड़ों पड़ोसी रोते हुए जनाज़े के साथ चलते हैं और लड़की को दफ़न करके घर वापस आ जाते हैं। लड़की का प्रेमी भी दो-ही चार दिन के अन्दर जह्र खा लेता है। बेहोशी की हालत में वह एक सपना देखता है जिसमें लड़की परलोक से आकर उसके सामने खड़ी हो जाती है और जह्र खाने पर उसको लानत मलामत करती है। नौजवान बच जाता है और जह्र का असर कुछ देर रहकर दूर हो जाता है। इसके बाद एक उदास और वीरान ज़िन्दगी वह बसर करता है। कहानी यहीं ख़त्म हो जाती है।

इस मसनवी को धीरे-धीरे गुनगुनाकर पढ़िए तो इसका नम्र, संगीतपूर्ण-प्रवाहशैली की स्वाभाविकता, बयान की सादगी, बोल-चाल की चाशनी और साँचे में ढले हुए मिसरे एक तेज़ और नर्म नश्तर की तरह दिल में उतरते चले जाएँगे। इस मसनवी में खड़ी बोली का जादू बोल रहा है इतनी नर्म झंकार स्वरों और व्यंजनों के टकराव से पैदा होती है, डबडबाए हुए और टपकते हुए आँसुओं की ऐसी खनक रह-रहकर सुनाई देती है। एक दुःखान्त नाटक का वातावरण इस सफलता से उत्पन्न हो जाता है, ऐसा समा बँध जाता है कि पढ़नेवाले को रोमांच हो आता है।

प्रिया-मिलन की आख़री रात में लड़की की वसीयत या अन्तिम सन्देश इस मसनवी के सबसे मशहूर हिस्से हैं। यह दृश्य प्रेम-काव्य के इतिहास में अद्वितीय है। फिर जनाज़ा निकलने का दृश्य और लड़की की बुढ़िया माँ का विलाप करुण रस में इस तरह डूबे हुए हैं कि आँसू रोकना मुश्किल हो जाता है। पूरी मसनवी में एक शब्द भी अश्लील या शिष्टाचार के प्रतिकूल या एक ऐसा मिसरा भी जो किसी को खटके, नहीं आने पाया है। मसनवी की भाषा और शैली गुलाब और केवड़े में बसाई हुई है। इस मसनवी में वह नश्तरियत है कि इसे पढ़ते हुए बहुत जल्द रोंगटे खड़े होने लगते हैं और दो-तीन बार पढ़ चुकने के बाद इस मसनवी का हमारी चेतना पर इतना गहरा और स्थाई असर पड़ जाता है कि जब-जब इस मसनवी की याद आती है हम आँसुओं में नहा उठते हैं। पढ़ चुकने के बाद इस मसनवी की कल्पनामात्र ही से रोमांच हो आता है चाहे इस मसनवी को पढ़े हुए कितने ही बरस बीत चुके हों।

ज़ुहे-इश्क़

हम्द[1]

लिख क़लम पहले हम्दे-रब्बे-वदूद[2]
कि हर एक जा पै है वही मौजूद
ज़ाते-माबूद जावेदानी[3] है
बाक़ी जो कुछ कि है वो फ़ानी[4] है
हमसर उसका नहीं नदीम[5] नहीं
सब हैं हादिस[6] कोई क़दीम[7] नहीं

नात[8]

मद्ह[9] अहमद ज़बाँ पै क्योंकर आए
बह्र कूज़ा में[10] किस तरह से समाए
ज़ाते-अहमद को कोई क्या जाने
या अली जाने या खुदा जाने

मनक़बत[11]

मद्हे अहमद में खोलिये जो दहन[12]
इससे आगे नहीं है जाय सुख़न[13]
कौन अहमद का मर्तबा[14] समझा
कोई बन्दा कोई खुदा समझा

बयाने-इश्क़

है बना जब से गुलशने-ईजाद[15]
हुई हर शै[16] हर एक को इमदाद
रंग-ओ-खूबी अता[17] किया गुल को
नाला-ओ-दर्द[18] बख़्शा बुलबुल को
माहको[19] नूर लुत्फ़[20] हाले को
चश्म[21] नरगिस को दाग़ लाले को
रास्ती[22] की अता सनोबर को
पेच सुंबुल[23] को आब गौहर[24] को
सख़्ती सारी बुतों[25] के दिल में दी
उल्फ़त[26] इन्साँ के आब-ओ-गिल में[27] दी
इश्क़ से कौन है बशर[28] ख़ाली
कर दिए जिसने घर के घर ख़ाली
पड़ते हैं इसमें जान के लाले
डालता है जिगर में ये छाले
जो कि वाक़िफ़ थे सब क़रीनों से[29]
ख़ाक छनवाई उन हसीनों से
इससे उम्मीद रखना है बेजा
भाई मजनूँ से क्या सलूक किया
मुँह से करने न दी फ़ुग़ाँ[30] इसने
मारे चुन-चुन के नौजवाँ इसने
इससे जिसने ज़रा तपाक[31] किया
सबसे पहले उसे हलाक किया
आतिशे-हिज्र[32] से जलाता है
आग पानी में ये लगाता है
मार डाला तमाशबीनों को
ज़ह्र खिलवा दिया हसीनों को
बस में डाले न किब्रिया[33] इसके
रह्म दिल में नहीं ज़रा उसके

आग़ाज़े-दास्तान[34]

एक क़िस्सा अजीब लिखता हूँ
दास्ताने-ग़रीब लिखता हूँ
ताज़ा इस तरह की हिकायत[35] है
सुननेवालों को जिससे हैरत है
जिस मुहल्ले में था हमारा घर
वाँ पै रहता था एक सौदागर
मर्द अशराफ़[36] साहबे-दौलत[37]
ताजिरों में कमाल ज़ी इज़्जत[38]
ग़म न था कुछ फ़राग़बाली से[39]
था बहुत ख़ान्दाने-आली से[40]
एक दुख़्तर[41] थी उनकी माहजबी[42]
शादी उसकी नहीं हुई थी कहीं
सानी रखती न थी वो सूरत में
ग़ैरते-हूर[43] थी हक़ीक़त[44] में
सब्ज़ नख़्ले-गुले-जवानी[45] था
हुस्ने-यूसुफ़[46] फ़क़त कहानी था
इस सिन-ओ-सालपर कमाल-खलीक़[47]
चाल ढाल इन्तहा की नस्तालीक़[48]
चश्मे-बद दूर वो हसीं आँखें
रश्के-चश्मे-ग़ज़ाले चीं[49] आँखें
था जो माँ बाप को नज़र का डर
आँख भरकर न देखते थे उधर
थी ज़माने में बेअदील-ओ-नज़ीर[50]
खुशगुलू,[51] खुशजमाल,[52] खुशतक़रीर[53]
था न उस शह्र में जवाब उसका
हुस्न लाखों में इन्तख़ाब[54] उसका
शेरगोई से[55] जौक़[56] रहता था
लिखने-पढ़ने से शौक़ रहता था
था ये उस गुल का जामा ज़ेब[57] बदन
सादी पोशाक में थे सौ जोबन

नूर आँखों का दिल का चैन थी वो
राहते-जाने-वालदैन[58] थी वो
एक दिन चर्ख़ पर जो अब्र[59] आया
कुछ अँधेरा-सा हर तरफ़ छाया
खुल गया जब बरस के वो बादल
क़ौस[60] तब आसमान पै आई निकल
दिल मेरा बैठे-बैठे घबराया
सैर करने को बामपर[61] आया
ख़फ़काँ[62] दिल का जो बहलने लगा
इस तरफ़ उस तरफ़ टहलने लगा
देखा एक सिम्त जो उठा के नज़र
सामने थी वो दुख़्ते-सौदागर[63]
साथ हमजोलियाँ भी थीं दो चार
देखती थीं वो आसमाँ की बहार
बाम से कुछ उतरती जाती थीं
चुहलें आपस में करती जाती थीं
रह गई जब अकेली वो गुलरू[64]
निगराँ सैर की[65] हुई हर सू[66]
हुई मेरी जो उसकी चार निगाह
मुँह से बेसाख़्ता निकल गई आह
हाल दिल का कहा नहीं जाता
खूब सँभला नहीं ग़श आ जाता
न हुआ गो कलाम फ़ीमाबैन[67]
रूह क़ालिब[68] में हो गई बेचैन
तीरे उलफ़त[69] जो था लगा कारी[70]
अश्क[71] बेसाख़्ता हुए जारी
सामने वो खड़ी थीं माहे-मुनीर[72]
चुप खड़ा था मैं सूरते-तस्वीर
ताबे-नज़्ज़ारा[73] इतनी ला न सका
कि इशारे से भी बुला न सका
देखता उसको बार-बार था मैं
महे-हुस्ने-जमाले-यार था मैं

गो मैं रोके हुए हज़ार रहा
दिल पै लेकिन न अख़्तियार रहा
इसी सूरत से हो गई जब शाम
लाई पास उसके एक कनीज़[74] पयाम
बैठी नाहक़ भी हौलें खाती हैं
अम्माँ जान आपको बुलाती हैं
गेसू[75] रुख़पर हवा से हिलते हैं
चलिए अब दोनों वक़्त मिलते हैं
सुनके लौंडी के मुँह से ये पैग़ाम
गई कोठे के नीचे वो गुलफ़ाम[76]
इसका जलवा न जब नज़र आया
मैं भी रोता हुआ उतर आया
शाम से फिर सह्र की मर-मर के
शब[77] वो काटी ख़ुदा ख़ुदा करके
पड़ गया दिल में ग़म से एक नासूर
यही उस दिन से पड़ गया दस्तूर
दिन में सौ बार बाम पर जाना
देखना, भालना, चले आना
जब न देखा वहाँ पै वो गुलरू
फ़र्त्ते-गम़ से[78] निकल पड़े आँसू
लाख चाहा न हो सका दिल सख़्त
पए-तस्कीं[79] हुई ये आमद-ओ-रफ़्त
गुज़रे कुछ दिन जो रंज के मारे
ज़र्द रुख़सार[80] हो गए सारे
हो गई फिर तो ऐसी हालत ज़ार[81]
जैसे बरसों का हो कोई बीमार
दिल को थी ग़म से ख़ुद फ़रामोशी[82]
लग गई लब पै मुहे-ख़ामोशी
न रहा दिल को ज़ब्त का यारा
सर जहाँ चाहा धड़ से दे मारा
रंज लाखों तरह से सहते थे
लब थे ख़ामोश अश्क बहते थे

हिज्र से[83] ग़ैर हो गई हालत
ग़म से बिल्कुल बदल गई सूरत
हुआ हैरान अपना बेगाना
जिसने देखा मुझे न पहचाना
देखे माँ बाप ने जो ये अन्दाज़
रूह क़ालिब से कर गई परवाज़[84]
पूछा मुझसे ये क्या है हाल तेरा
किस तरफ़ है बँधा ख़याल तेरा
सच बता दे कि ध्यान किसका है
दिल में ग़म मेरी जान किसका है
रंज किस शोला-रू[85] का खाते हो
शमअ की तरह पिघले जाते हो
ज़र्द चेहरा है अरग़वाँ[86] की तरह
टुकड़े पोशाक है कताँकी[87] तरह
कौन से माहरू पै मरते हो
सच कहो किसको प्यार करते हो ?
ये कहो महजबीं मिला है कौन ?
तुमको ऐसा हसीं मिला है कौन ?
खाते हो, पीते हो न सोते हो
रोज़ उठ-उठ के शब को रोते हो
नहीं मालूम कौन है जो छिनाल
कर दियां मेरे लाल का ये हाल
मेरे बच्चे की जो कुढ़ाए जान
सात बार उसको मैं करूँ क़ुर्बान[88]
अल्लहआमीं[89] से हम तो यूँ पालें
आप आफ़त में जान यूँ डालें
दिन को दिन समझी मैं न रात को रात
तल्ख़[90] की तेरे पीछें यूँ औक़ात[91]
पाला किस-किस तरह तुम्हें जानी
कौन मन्नत[92] थी जो नहीं मानी
रोशनी मस्जिदों में करती थी
जाके दरगाह चौकी भरती थी

अब जो नामे-खुदा[93] जवान हुए
ऐसे मुख़्तार[94] मेरी जान हुए
हाँ मियाँ सच है ये खुदा की शान
तुम करो जानबूझकर हलकान[95]
हम तो यूँ फूँक-फूँक रक्खें क़दम
आप देते फिरें हर एक पै दम
हम यहाँ रंज-ओ-ग़म में रोते हैं
आप ग़ैरों पै जान खोते हैं
यों मिटाओगे जानकर हमको
थी न इस रोज़ की ख़बर हमको
देखती हूँ जो तेरा हाले-ज़बूँ[96]
खुश्क होता है मेरे जिस्म का खूँ
यूँ तो बरबाद तू शबाब[97] न कर
मिट्टी माँ बाप की ख़राब न कर
कुछ तो कह हमसे अपने क़ल्ब का[98] हाल
किसका भाया है तुझको हुस्न-ओ-जमाल
दिल हुआ तेरा शेफ़्ता[99] किसका
सच बता है फ़रेफ़्ता[100] किसका
कैसा दो दिन में जी-निढाल हुआ
दाई बन्दी का[101] क्या ये हाल हुआ
आइना तो उठा के देख ज़रा
सुत गया दो ही दिन में मुँह तेरा
सुध न खाने की है न पीने की
कौन-सी फिर उमीद जीने की
किसकी उल्फ़त में है ये हाल किया
कुछ न माँ बाप का ख़याल किया
दिल पै गुज़रा है क्या मलाल तो कह
मुँह से नाशुदनी[102] अपना हाल तो कह
यूँ ही गर हो गया तू सौदाई[103]
दूर पहुँचेगी अपनी रुसवाई[104]
ऐसे दीवाने को भरेगा कौन
शादी और ब्याह फिर करेगा कौन

कर दिया किसने ऐसा आवारा
कि नहीं बनता अब कोई चारा
आगे तो ये न था तेरा दस्तूर
किससे सीखे हैं इस तरह के उमूर[105]
मेरे तो देखकर गए औसान[106]
लैला मजनूँ के तूने काटे कान
बातें ये वालिदैन की सुनकर
और एक क़ल्बि पर लगा नश्तर
शर्म के मारे मुँह को ढाँप लिया
कुछ न माँ बाप को जवाब दिया
गुज़रा याँ तक तो ये हमारा हाल
अब बयान उनका होता है अहवाल
मैं तो खाए हुए था इश्क़ का तीर
पर हुई उनके दिल पै भी तासीर
छल के आँखों से दोनों पैमाने,
दिल लगा, आप ही आप घबराने
आतिशे-इश्क[107] से उठा जो धुआँ
बातों-बातों में बढ़ गया ख़फ़क़ाँ[108]
गोश फ़रियादे-क़ल्ब[109] सुनने लगा,
खुदबखुद हाथ पाँव धुनने लगा
दर्दे ग़म दिल को आ गया जो पसन्द
सोना रातों को हो गया सौगन्द[110]
मौजे उल्फ़त उसे डुबोने लगी
एक उलझन-सी दिल में होने लगी
घटने ताक़त लगी जो रोज़बरोज़
आतिशे-हिज्र[111] हो गई दिलसोज़[112]
दाग़ ज्यूँ ज्यूँ जिगर के जलते थे
अश्के-गर्म आँख से निकलते थे
गर्म नाले थे लब पै आह थी सर्द
दिल में होता था मीठा-मीठा दर्द
यूँ तड़पता था उसके सीने में दिल
जिस तरह लोटे तायरे-बिस्मिल[113]

हो गई जब कमाल हालते-ज़ार[114]
शब को रहने लगा उसे भी बुख़ार
सच है किस तरह जी उदास न हो
कोई हमज़ाद[115] भी जो पास न हो
न रुका उसके रोके से दिले-ज़ार
दिल में बाक़ी रहा न सब्र-ओ-क़रार[116]
लिखने पढ़ने का था जो उसको ज़ौक़
सोचकर दिल में लिक्खा एक ख़ते-शौक़[117]
भेजा वो मुझको बेख़तर[118] नामा
डर से लिक्खा मगर न सरनामा[119]
एक मामाने आके चुपके से
ख़त दिया उनका हाथ में मेरे
खोलकर मैंने जो उसे देखा
कुछ अजब दर्द से ये लिक्खा था

प्रेमिका का ख़त

हो ये मालूम तुमको बाद सलाम
ग़मे-फ़ुरकत[120] से दिल है बे आराम
अपने कोठे पै तू नहीं आता
दिल हमारा बहुत है घबराता
शक्ल दिखला दे किब्रिया के लिए
बाम पर आ ज़रा ख़ुदा के लिए
इस मुहब्बत पै हो ख़ुदा की मार
जिसने यूँ कर दिया मुझे लाचार
सारे उलफ़त ने खो दिए औसान
वरना ये लिखती मैं ख़ुदा की शान
अब कोई इसमें क्या दलील करे
जिसको चाहे ख़ुदा ज़लील करे

प्रेमी का ख़त

पढ़ के मैंने लिखा ये उसको जवाब
क्या लिखूँ तुमको अपना हाले ख़राब
बन गई याँ तो जान पर मेरी
ख़ूब ली आपने ख़बर मेरी
हिज्र में[121] मर के ज़िन्दगानी की
अब भी पूछा तो मेहरबानी की
जब से देखा है आपका दीदार
दिल से जाता रहा है सब्र-ओ-क़रार
रोज़ तप से बुख़ार रहता है
सर पै एक जिन सवार रहता है
तेरे क़दमों की हूँ क़सम खाता
होश दो-दो पहर नहीं आता
पूछता है जो कोई आकर हाल
और होता है दिल को मेरे मलाल
कहूँ किस-किससे इस कहानी को
आग लग जाए इस जवानी को
हो गई है कुछ ऐसी ताक़त ताक़[122]
उठ नहीं सकता बारे-रंज-ओ-फ़िराक़[123]
हिलके पानी पिया नहीं जाता
वरना हुक्म आपका बजा लाता
पाता ताक़त जो तालिबे-दीदार[124]
बाम पर दिन में आता सौ-सौ बार
पहुँचा जिस वक़्त से तेरा मकतूब[125]
ज़िन्दगी का बँधा है कुछ अस्लूब[126]
रंज राहत से गर बदल जाए
क्या अजब है जो दिल बहल जाए
पेशक़दमी[127] जो तुमने की मेरे साथ
इसमें ज़िल्लत[128] की कौन-सी है बात
नहीं कुछ इसमें आप ही का क़सूर
मेरी उलफ़त का ये असर है हुज़ूर

इश्क़ का है मेरे असर वल्लाह
वरना तुम लिखतीं ये मआज़-अल्लाह[129]
तुम तो वो लोग होते हो जल्लाद
नहीं सुनते कोई करे फ़रियाद
हो बला से किसी का हाल बुरा
कोई मर जाए तुमको क्या परवा
नहीं मुमकिन तुम्हारा बल जाए
चाहे आशिक़ का दम निकल जाए
अब मैं लिखता हूँ आपको ये हज़ूर
वस्ल की[130] फ़िक्र चाहिए है ज़रूर
तूने ग़फ़लत गर इसमें की ऐ माह
हाल मेरा कमाल होगा तबाह
ग़ैर है हिज्र से मेरी हालत
ग़म उठाने की अब नहीं ताक़त
दिल पै आफ़त अजीब आई है
जान बच जाए तो ख़ुदाई है
जान को किस घड़ी क़रार आया
ग़शने फ़ुरसत जो दी बुख़ार आया
तपिशे-दिल ने[131] गर किया हुशियार
वह्म आने लगे हज़ार हज़ार
दिल की वहशत ने गर लिया कुछ जोश
वो भी जाते रहे जो आए थे होश
आशना[132] दोस्त आ गए जो कभू
जिसने देखा निकल पड़े आँसू
झूठ समझें इसे हज़ूर नहीं
जान जाती रहे तो दूर नहीं
मर गए हम तो रंजे-फ़ुरक़त से
पर ख़बर की न अपनी हालत से
अब जो भेजी ये आपने तहरीर
है ये लाज़िम कि वो करो तदबीर[133]
सख़्तियाँ हिज्र की बदल जाएँ
दिल की सब हसरतें निकल जाएँ

देके ख़त मैंने ये कहा उससे
जल्द इसका जवाब ला उससे
पहुँचा जब उन तलक मेरा मकतूब
हँस के बोले कि वाह-वा क्या ख़ूब

प्रेमी के पत्र का जवाब

फिर किया ये जवाब में तहरीर
कुछ क़ज़ा[134] तो नहीं है दामनगीर[135]
ज़िक्र इन बातों का यहाँ क्या था
छेड़ने को तेरे ये लिक्खा था
ऐसी बातें थीं कब यहाँ मंजूर
था फ़क़त तेरा इम्तहाँ मंजूर
ये तो लिक्खे थे सब हँसी के कलाम
वरना इन बातों से मुझे क्या काम
मुझको ऐसी थी तेरी क्या परवा
बाम पर तू बला से आ कि न आ
बात ये थी कमाल अक़्ल से दूर
झूट लिखने से हो गए मअजूर[136]
तुझ पै मैं मरती क्या क़यामत[137] थी
क्या मेरे दुश्मनों की शामत थी
मेरी जानिब को ये गुमाँ क्या ख़ूब
झूट जमजम[138] से है बहुत मरग़ूब[139]
ये न समझा कि माजरा क्या है
यूँ भी कोई किसी को लिखता है
काला दाना ज़रा उतरवा[140] लो
राई लोन[141] इस समझ में कर डालो
तुझ पै मरते भी गर मरे बदख़्वाह
यूँ न लिखती कभी मआज़अल्लाह
जान पा-पोश[142] से निकल जाती
पर तबीयत न यूँ बदल जाती

ऐसी बातों में होता है बदनाम
अब न लिखिएगा इस तरह के कलाम
रंज आ जाता है इसी कद[143] से
न बड़े आदमी कभी हद से
क्या समझकर लिखा था ये मज़मून
अच्छी होती नहीं है इतनी दून[144]
जी में ठानी थी क्या बताओ तो
ख़ानगी कस्बी[145] कोई समझे हो
मालज़ादी[146] नहीं यहाँ कोई
जो करे तुमसे गरमियाँ[147] कोई
देख तहरीर फ़ेल लाए आप
खूब जल्दी मज़े में आए आप
तालिबे-वस्ल[148] जो हुए हमसे
हैगा सादा मिज़ाज जमजम से
रही कुछ रोज़ तो यही तहरीर
फिर मुवाफ़िक़ हुई मेरी तक़दीर
होके उस गुल से वस्ल के इक़रार
उठ गई दरम्यान से तकरार
जो लिखा था अदा किया उसने
वादा एक दिन वफ़ा[149] किया उसने
रातभर मेरे घर में रह के गई
सुबह के वक़्त फिर ये कह के गई
बात इस दम की याद रखिएगा
एक दिन इसका मज़ा भी चखिएगा
बिगड़ेगी जब न कुछ बन आएगी
आपके पीछे जान जाएगी
प्यार करती जो भी वो ग़ैरते-हूर[150]
रखा मिलने का उसने ये दस्तूर
पंजशंबा[151] को जाती थी दरगाह
वाँसे आती थी मेरे घर को वो माह
ऐश होने लगे मेरे उनके
ग़ैर जलने लगे ये सुन-सुन के

इत्तफ़ाक़[152] ऐसा एक हुआ नागाह
दो महीने तलक न आई वो माह
क़तअ[153] सब हो गए पयाम-ओ-सलाम[154]
न रही शक्ले-राहत-ओ-आराम
तबअ[155] को हो गई परेशानी
अक़्ल को थी अजीब हैरानी
दिल को तशवीश[156] थी ये हद से ज़ियाद
दफ़अतन[157] पड़ गई ये क्या उफ़ताद[158]
थी न मुझसे यहाँ किसी को लाग
किसने इस तरह की लगाई आग
कुछ तो ऐसा हुआ है अफ़साना
जो यहाँ तक न हो सका आना
नहीं मालूम क्या पड़ी उफ़ताद
जो फ़रामोश की[159] हमारी याद
कौन ऐसा है जाए घर उसके
किसको भेजूँ मकान पर उसके
क्यों न बेज़ार[160] हूँ मैं जीने से
नहीं देखा है दो महीने से
जान आँखों में खिंच के आई है
अब नहीं ताक़ते-जुदाई है
कर लिया हो सका जहाँ तक जब्र
अब कहो दिल करे कहाँ तक सब्र
दो महीने न देखे जब गुल को
चैन किस तरह आए बुलबुल को
रात किस तरह पर गुज़ारी जाए
किस तरह दिल की बेक़रारी जाए
तबअ किस तरह पर बहल जाए
जिस्म से रूह जब निकल जाए

लड़की के माँ-बाप से एक औरत का चुग़ली खाना

ए हज़ूर सच मैं अर्ज़ करती हूँ
और क़दमों पै सर को धरती हूँ
आपकी दुख़्त नाज़नीं शहे-हुस्न[161]
यानी वो कुर्रा महजबीं[162] शहे-हुस्न
एक जा छिपके जाया करती है
और एक अजनबी पै मरती है
मैंने आँखों से जाते देखा है
क्या कहूँ जो उसे परेखा[163] है
बात अब तक तो बस ये है महदूद[164]
मेरे कहने का है यही मक़सूद[165]
मुफ़्त कुनबा[166] में एक हँसाई है
आप लोगों की नककटाई है
पहुँचवा दो उसे बनारस बस
बाद दो साल लाना फिर वापस
है चचाज़ाद[167] इसका खुशखुर्रम
वहीं रहवेगी उसके घर पैहम[168]

दो महीने बाद प्रेमिका का फिर आना

आई नौचन्दी इतने में नागाह
इस बहाने से आई वो दरगाह
बस कि मरती थी नाम पै मेरे
छुपके आई वहाँ से घर मेरे
थी जो फ़ुरसत न अश्कबारी से
उतरी रोती हुई सवारी से
फिर लिपटकर मेरे गले एक बार
हाल करने लगी वो यूँ इज़हार[169]
अक़रबा[170] मेरे हो गए आगाह
तुमसे मिलने की अब नहीं कोई राह

मश्विरे हो रहे हैं आपस में
भेजते हैं मुझे बनारस में
वो छुटे हमसे जिसको प्यार करें
जब्र क्योंकर ये अख़्तियार करें
गो ठिकाने नहीं हैं होश-ओ-हवास
पर यह कहने को आई हूँ तेरे पास
जाय इबरत सरायफ़ानी[171] है
मूरिदे-मर्गे-नौजवानी[172] है

मिलकर विदा होने का पहला मौक़ा

ऊँचे-ऊँचे मकान थे जिनके
आज वो तंग गोर[173] में हैं पड़े
कल जहाँ पर शगूफ़ा-ओ-गुल थे
आज देखा तो ख़ार[174] बिल्कुल थे
जिस चमन में था बुलबुलों का हुजूम[175]
आज उस जा है आशियानए-बूम[176]
बात कल की है नौजवान थे जो
साहबे-नौबत-ओ-निशान[177] थे जो
आज ख़ुद हैं न है मकाँ बाक़ी
नाम को भी नहीं निशाँ बाक़ी
ग़ैरते-हूर[178] महजबीं न रहे
है मकाँ गर तो वो मकीं[179] न रहे
जो कि थे बादशाहे-हफ़्त-अक़लीम[180]
हुए जा-जाके ज़ेरे-ख़ाक मुक़ीम[181]
कोई लेता भी अब नहीं है नाम
कौन-सी गोर में गया बहराम[182]
अब न रुस्तम न साम[183] बाक़ी है
एक फ़क़त नाम-नाम बाक़ी है
कल जो रखते थे अपने फ़र्क़ पै[184] ताज
आज हैं फ़ातहा[185] को वो मुहताज

थे जो ख़ुद इस जहान में मशहूर
ख़ाक में मिल गया सब उनका ग़रूर
इत्र मट्टी का जो न मलते थे
न कभी धूप में निकलते थे
गर्दिशे-चर्ख़ से हलाक[186] हुए
इस्तख़्वाँ[187] तक भी उनके ख़ाक हुए
थे जो मशहूर क़ैसर-ओ-फ़ग़फ़ूर[188]
बाक़ी उनका नहीं निशाने-क़बूर[189]
ताज में जिनके टकते थे गौहर
ठोकरें खाते हैं वो कासए-सर[190]
रश्के-यूसुफ़[191] जो थे जहाँ में हसीन
खा गए उनको आसमान-ओ-ज़मीन
हर घड़ी मुन्क़लिब[192] ज़माना है
यही दुनिया का कारख़ाना है
है न शीरीं[193] न कोह कन[194] का पता
न किसी जा है नल-दमन का पता[195]
बूये-उलफ़त[196] तमाम फैली है
बाक़ी अब क़ैस[197] है न लैली[198] है
सुब्ह को तायराने-खुश अलहान[199]
पढ़ते हैं 'कुल्लमिन अलेहाफ़ान'[200]
मौत को किससे रस्तगारी[201] है
आज वो कल हमारी बारी है
ज़िन्दगी बेसबात[202] है इसमें
मौत फ़्रेने-हयात[203] है इसमें
हम भी गर जान दे दें खाकर सम[204]
तुम न रोना हमारे सर की क़सम
दिल को हमजोलियों में बहलाना
या मेरी क़ब्र पर चले आना
जाके रहना न इस मकान से दूर
हम जो मर जाएँ तेरी जान से दूर
रूह भटकेगी गर न पाएगी
ढूँढ़ने किस तरफ़ को जाएगी

रोके रहना बहुत तबीयत को
याद रखना मेरी वसीयत को
ज़ब्त[205] करना अगर मलाल रहे
मेरी रुसवाई[206] का ख़याल रहे
मेरे मरने की जब ख़बर पाना
यूँ न दौड़े हुए चले आना
जमा हो लें सब अक़रबा[207] जिस दम
रखना उस वक़्त तुम वहाँ पै क़दम
कहे देती हूँ जी न खोना तुम
साथ ताबूत[208] के न रोना तुम
हो गए तुम अगर्चे सौदाई[209]
दूर पहुँचेगी मेरी रुसवाई
लाख तुम कुछ कहो न मानेंगे
लोग आशिक़ हमारा जानेंगे
तानाज़न[210] होंगे सब ग़रीब अमीर
क़ब्र पर बैठना न होके फ़क़ीर
सामना हो हज़ार आफ़त का
पास रखना हमारी इज़्ज़त का
जब जनाज़ा मेरा अज़ीज़ उठाएँ
आप बैठे वहाँ न अश्क बहाएँ
मेरी मिन्नत का ध्यान रखिएगा
बन्द अपनी ज़बान रखिएगा
तज़किरा कुछ न कीजिएगा मेरा
नाम मुँह से न लीजिएगा मेरा
अश्क आँखों से मत बहाइएगा
साथ ग़ैरों की तरह जाइएगा
आप काँधा न दीजिएगा मुझे
सब में रुस्वा न कीजिएगा मुझे
रंग रुख़ का बदल न जाए कहीं
मुँह से नाला निकल न जाए कहीं
साथ चलना न सर के बाल खुले
ता[211] किसी शख़्स पर न हाल खुले

होते आफ़त के हैं ये पर काले
तोड़ जाते हैं ताड़नेवाले
हो बयाँ गर किसी जगह मेरा हाल
तुम न करना कुछ इस तरह का ख़याल
ज़िक्र सुनकर मेरा न रो देना
मेरी इज़्ज़त न यों डुबो देना
रंजे-फ़ुरक़त[212] मेरा उठा लेना
जी किसीं और जा लगा लेना
होगा कुछ मेरी याद से न हसूल[213]
दिल को कर लेना और से मशगूल[214]
रंज करना न मेरा मैं क़ुर्बान
सुन लो गर अपनी जान है तो जहान
दे न उसको खुदा कभी कोई दर्द
होता नाजुक कमाल है दिले-मर्द[215]
दिल में कुढ़ना न मुझसे छूट के तू
जान देना न घूँट घूँट के तू
आके रो लेना मेरी क़ब्र के पास
ता निकल जाए तेरे दिल की भड़ास
आँसू चुपके से दो बहा लेना
क़ब्र मेरी गले लगा लेना
अगर आ जाए कुछ तबीयत पर
पढ़ना क़ुरआन मेरी तुरबत पर[216]
गुंचये-दिल मेरा खिला देना
फूल तुर्बत पै दो चढ़ा देना
रोके करना न अपना हाल-ज़बूँ
यूँ न हो जाए दुश्मनों को जुनूँ
देखिए किस तरह पड़ेगी कल
सख़्त होती है मंज़िले-अव्वल
मेरे मक़र्द[217] पै रोज़ आना तुम
फ़ातहा से न हाथ उठाना तुम
है ये हासिल सब इतनी बातों से
मिट्टी देना तुम अपने हाथों से

उम्र भर कौन किसको रोता है
कौन साहब किसी का होता है
कभी आ जाए गर हमारा ध्यान
जानना हम पै हो गई क़ुर्बान
दिल पै कुछ आने दीजियो न मलाल
ख़्वाब देखा था कीजियो ये ख़याल
रंज-ओ-राहत जहाँ में बाहम[218] है
कभी शादी है और कभी ग़म है
है किसी जा पै जश्न शाम-ओ-पगाह[219]
है किसी जा सदाये-नाला-ओ-आह[220]
मर्ग का किस को इन्तज़ार नहीं
ज़िन्दगी का कुछ एतबार नहीं
फिर मुलाक़ात देखें हो कि न हो
आज दिल खोलकर गले मिल लो
हमको ख़ूब आज देखभाल लो तुम
दिल की सब हसरतें निकाल लो तुम
आओ अच्छी तरह से कर लो प्यार
कि निकल जाए कुछ तो दिल का बुख़ार
दिल में बाक़ी रहें न कुछ अरमान
खूब मिल लो गले से मैं क़ुर्बान
हश्र[221] तक फिर ये होगी बात कहाँ
हम कहाँ, तुम कहाँ, ये रात कहाँ
कह लो सुन लो जो कुछ जी में आए
फिर खुदा जाने क्या नसीब दिखाए
दिल को अपने करो मलूल नहीं
रोने-धोने से कुछ हसूल नहीं

मिलकर विदा होने का दूसरा मौक़ा

हमको है है करे जो अश्क बहाए
हमको गाड़े जो अपने दिल को गड़ाए

उम्र तुमको तो है अभी खेना
दिन बहुत से पड़े हैं रो लेना
बाँहें दोनों गले में डाल लो आज
जो जो अरमान हों निकाल लो आज
फिर खुदा जाने क्या मशीयत[222] है
इतनी सोहबत बहुत ग़नीमत है
किसको कल बैठकर करोगे प्यार
किसकी लोगे बलाएँ तुम हर बार
कल गले से किसे लगाओगे
यूँ किसे गोद में बिठाओगे
हाल किसका सुनाएगी आकर
किसकी मामाँ बुलाएगी आकर
हम तो उठते हैं इस मकान से कल
अब तो जाते हैं इस जहान से कल
याद इतनी तुम्हें दिलाते जाएँ
पान कल के लिए लगाते जाएँ
हो चुका आज जो कि था होना
कल बसाएँगे क़ब्र का कोना
ख़ाक में मिलती है ये सूरते-ऐश
फिर कहाँ हम कहाँ ये सोहबते-ऐश[223]
देख लो आज हमको जी भर के
कोई आता नहीं है फिर मर के
ख़त्म होती है ज़िन्दगानी आज
ख़ाक में मिलती है जवानी आज
चुप रहो क्यों अबस भी रोते हो
मुफ़्त काहे को जान खोते हो
समझो इसको शबे-बरात[224] की रात
हम हैं मेहमाँ तुम्हारे रात की रात
चैन दिल को न आएगा तुझ बिन
अब के बिछुड़े मिलेंगे हश्र के दिन
अब तुम इतनी दुआ करो मेरी जान
कल की मुश्किल खुदा करे आसान

फल उठाया न ज़िन्दगानी का
न मिला कुछ मज़ा जवानी का
दिल में लेकर तुम्हारी याद चले
बाग़े-आलम से नामुराद चले
कहती है बार-बार हिम्मते-इश्क
है यही मक़तज़ाए ग़ैरते-इश्क़[225]
चारपाई पै कौन पड़ के मरे
कौन यूँ एड़ियाँ रगड़ के मरे
इश्क़ का नाम क्यों डुबो जाएँ
आज ही जान क्यों न खो जाएँ
जब तलक चर्ख़े-बेमदार[226] रहे
ये फ़साना भी यादगार रहे
बोली घबरा के फिर ठहर मेरी जान
फिर गले से हमें लगा लो जान
हसरते-दिल निगोड़ी बाक़ी है
और यहाँ रात थोड़ी बाक़ी है
गोद में अपनी फिर बिठा लो जान
फिर गले से हमें लगा लो जान
डाल दो फिर गले में हाथों को
फिर गिलोरी चबा के मुँह में दो
फिर कहाँ हम कहाँ ये सोहबते-यार
कर लो फिर हमको भींच-भींच के प्यार
फिर मेरे रख दो सर पै सर अपना
गाल फिर रख दो गाल पर अपना
फिर इसी तरह मुँह को मुँह से मलो
फिर वही बातें प्यार की कर लो
लह्‌ फिर चढ़ रही है कालों की[227]
बू सुँघा दो तुम अपने बालों की
फिर हम उठने लगें बिठा लो तुम
फिर बिगड़ जाएँ हम मना लो तुम
फिर लबों को चबा के बात करो
फिर ज़रा मुस्करा के बात करो

फिर बलाएँ तुम्हारी यार लें हम
आओ फिर सर से सर उतार लें हम
रो न इस तरह से तू ज़ार न ज़ार
दुश्मनों को कहीं चढ़े न बुख़ार
आप अच्छे भले बिछुड़ जाएँ
और लेने के देने पड़ जाएँ
काट ले कोई धड़ से सर मेरा
बाल बीका न हो मगर तेरा
मैं दिल-ओ-जाँ से हूँ फ़िदा तेरी
लेके मर जाऊँ मैं बला तेरी
अब तू क्यों ठंडी साँसें भरता है
क्यों मेरे दिल के टुकड़े करता है
मैं अभी तो नहीं गई हूँ मर
क्यों सुजाए हैं आँखें रो रोकर
इस क़दर हो रहा है क्यों ग़मगीं
क्यों मिटाता है अपनी जाने-हज़ीं[228]
कर न रो-रोके अपना हाल-ज़बूँ
अरे ज़ालिम अभी तो जीती हूँ
अश्क बहते हैं नागवार तेरे
तू न रो हो गई निसार[229] तेरे
ऐसे क़िस्से हज़ार होते हैं
यूँ कहीं मर्दुए भी रोते हैं
यूँ तो आँसू न तू बहा अपने
दिल को मज़बूत रख ज़रा अपने
रंज से मेरे कुछ उदास न हो
यूँ तू लिल्लाह बदहवास न हो
तुम तो इतने में हो गए रंजूर[230]
थक गए और अभी है मंज़िल दूर
इसी ग़म ने तो मुझको मारा है
सदमा तेरा नहीं गवारा है
अपने मरने का कुछ नहीं है अलम
दिल में मेरे फ़क़त है इसका ग़म

जान हमने तो इस तरह खोई
कौन तेरी करेगा दिलजोई[231]
आके समझाएगा बुझाएगा कौन
इस तरह से गले लगाएगा कौन
कौन रोकेगा इस तबीअत को
किससे कह जाऊँ इस वसीयत को
गो कि बेजा तेरा हरास[232] नहीं
कोई दिलसोज़[233] भी तो पास नहीं
मैं कहाँ हूँ जो साथ दूँ तेरा
हाथ में किस के हाथ दूँ तेरा
यूँ तसल्ली तेरी करेगा कौन
मेरी सूरत भला मरेगा कौन
कौन यूँ ख़ुश करेगा दिल तेरा
दिल है इस ग़म से मुज़्महिल[234] तेरा
जी लगेगा न साथ में उसका
दिल लिए रहता हाथ में उसका
पर मैं अब इसको क्या करूँ कमबख़्त
आसमाँ दूर है ज़मीन है सख़्त
गो कि उक़्बा[235] में रूसियाह चली
मगर अपनीसी मैं निबाह चली
जी को तुम पर फ़िदा किया मैंने
हक़ वफ़ा का अदा किया मैंने
बोली फिर ज़ानुओं[236] पै मारके हाथ
नहीं मालूम अब है कितनी रात
ज्यूँ ज्यूँ घड़ियाल वाँ बजाता था
जी मेरा सनसनाया जाता था
यूँ तो कोई न दर्द-ओ-ग़म में कुढ़े
फूले जाते हैं हाथ-पाँव मेरे
कुछ अजब हो रहा है जान का तौर[237]
कहती हूँ कुछ निकलता है कुछ और
आँसू आँखों में भर-भर आते हैं
दस्त-ओ-पा[238] सारे थरथराते हैं

दिल को समझाती हूँ मैं बहुतेरा
पर सँभलता नहीं है जी मेरा
गो तू बैठा हुआ है पास मेरे
पर ठिकाने नहीं हवास मेरे
होश आए हुए भी जाते हैं
दिल में क्या-क्या ख़याल आते हैं
पेश यूँ फ़ुरक़ते-हबीब न हो
किसी दुश्मन को भी नसीब न हो
दूसरा अब ये और मातम है
साँग बाक़ी बहुत हैं शब कम है
ख़ाक तस्कीने-जाने-ज़ार करें
अब वसीयत करें कि प्यार करें

जवाब प्रेमी का

सुन के मैंने दिया जो इसको जवाब
मेरे दिल को बस अब करो न कबाब
तुम तो यूँ अपनी जान दो मेरी जान
मैं वसीयत सुनूँ ख़ुदा की शान
दिल से रखना ज़रा ये अपने दूर
कौन कमबख़्त ये करेगा उमूर[239]
मुझको ये दिन तो किब्रिया[240] न करे
तुम मरो मैं जिऊँ ख़ुदा न करे
जान दे दोगी तुम जो खाकर सम
मैं भी मर जाऊँगा ख़ुदा की क़सम
जो ये देखेगा खूब रोएगा
आगे पीछे जनाज़ा होएगा
एक ज़रा मुझसे तो कहो ये हाल
जी में क्या आपके हुआ ये ख़याल
दिल ही दिल में अलम उठाती हो
जान देती हो ज़हर खाती हो

पहुँचा माँ-बाप से अगर है अलम[241]
इसका करना न चाहिए तुम्हें ग़म
जो कि होते हैं क़ौम के अशराफ़
यूँ नहीं करते वो क़सूर मुआफ़
कुछ तुम्हीं पर नहीं है ये उफ़ताद[242]
सबके माँ-बाप होते हैं जल्लाद
सदमा हर एक पै ये गुज़रता है
जह्र खा करके कोई मरता है
शिकवा माँ-बाप का तो नाहक़ है
उनका औलाद पर बड़ा हक़ है
हों जो नाराज़ ये क़यामत है
उनके क़दमों के नीचे जन्नत है
तुम तो नामे-ख़ुदा से हो दाना
इस पै रुतबा न उनका पहचाना
क्या भरोसा हयात का उनकी
न बुरा मानो बात का उनकी
होश रहते नहीं हैं इस सिनके[243]
ये तो मेहमान हैं कोई दिन के
इतनी-सी बात का गुबार है क्या
उनके कहने का एतबार है क्या
ग़ौर से कीजिए जो दिल में ख़याल
उनका गुस्सा नहीं है जाय-मलाल[244]

जवाब प्रेमिका की तरफ़ से

सुनके उसने दिया ये मुझको जवाब
हमने देखी नहीं है चश्मे-अताब [245]
बे हया ऐसी ज़िन्दगी को सलाम
मुँह पै आए न थे कभी ये कलाम
ताने सुनती हूँ दो महीने से
मौत बेहतर है ऐसे जीने से

ख़ूने-दिल कब तलक पिये कोई
बेहया बनके क्या जिये कोई
नौज इन्सान बेहमीयत[246] हो
आदमी क्या न जिसको ग़ैरत हो
बात वो किस तरह बशर से उठे
न सुनी हो कभी जो कानों से
वो सुने जिसको इसकी आदत है
इसमें क्या अपनी-अपनी ग़ैरत है
पर मेरे जीते जी तू बहरे-ख़ुदा
अपने मरने का ज़िक्र मुँह पै न ला
कौन-सा पड़ गया है रंज-ओ-महन[247]
जान क्यों देंगे आपके दुश्मन
तुमने जी देने की जो की तदबीर
हश्र के रोज़ होंगे दामनगीर[248]
तू सलामत जहाँ में रह मेरी जान
निकलें माँ-बाप के तेरे अरमान
वास्ते मेरे अपना दिल न कुढ़ा
चाँदसी बहू घर में ब्याह के ला
है यही लुत्फ़ ज़िन्दगानी का
देख सिन अपनी नौजवानी का
चार दिन है ये नाला-ओ-फ़रियाद
उम्र भर कौन किसको करता है याद
लुत्फ़ दुनिया के जब उठाओगे
हमको दो दिन में भूल जाओगे

विदाई की मुलाक़ात

था यही ज़िक्र जो बजा घड़ियाल
सुनते ही उसके हो गई बेहाल
हो गया फ़र्ते-ग़म[249] से चेहरा ज़र्द
दस्त-ओ-पा थरथरा के हो गए सर्द

ज़र्दी चेहरे पर छा गई उसके
दिल में दहशत[250] समा गई उसके
दिल में गुज़रा जो उसके सुब्ह का शक
हुई एस्तादा[251] जाके ज़ेरे-फ़लक[252]
ठंडी जिस दम चली नसीमे-सहर[253]
हो गया हाल और भी अबतर
इतने में सुब्ह की बजी वर्दी[254]
दूनी चेहरे की हो गई ज़र्दी
हुए साबित जो सुब्ह के आसार
हो गई और उसकी हालत ज़ार
बेद[255] की तरह जिस्म थर्राया
सर से ले पाँव तक अरक़ आया
बातें करती जो थी सो भूल गई
दम लगा चढ़ने साँस फूल गई
बोली घबरा के रहियो इसके गवाह
और कहा ला-एलाह इल्लल लाह[256]
अब फ़क़त ये है ख़ूँ बहा मेरा
बख़्श दीजो कहा सुना मेरा
कहके ये फिर चिमट गई एक बार
और किया ख़ूब भींच भींच के प्यार
सर से लेकर बलाएँ ता-ब-क़दम[257]
बोली तुम पर निसार होते हैं हम
आग लग जाए वो घड़ी कमबख़्त
बाम पर आई थी मैं कौन-से वक़्त
फिर ये बोली वो पोंछकर आँसू
मेरे सर की क़सम न कुढ़ियो तू
आज़माती थी तुझको कसती थी
मैं तेरे छेड़ने को हँसती थी
कहके ये बात हो गई वो सवार
याँ बँधा आँसुओं का आँख से तार
आतिशे-ग़म भड़क गई दूनी
तपिशे-कल्ब[258] ने की अफ़्ज़ूनी[259]

याद आती थी जब वसीयते-यार
वह्म लाता था दिल हज़ार-हज़ार
थी मुसीबत जो ये बला-अंग्रेज़[260]
ध्यान आते थे क्या-क्या दहशतख़ेज़[261]
दिल में कहने का उसके था जो मलाल
आते थे जेहन में अजीब ख़याल
कौन रोकेगा जाके घर बैठे
जो कहा है वही न कर बैठे
हर घड़ी था जो इज़्तराब अफ़ज़ूँ[262]
चुपका रोता था बैठा मैं महज़ूँ[263]
कि उठा एक सिम्त से वो गुल
होश जिससे कि उड़ गए बिलकुल
शोला एक आग का भड़कने लगा
मिस्ले-बिस्मिल[264] के दिल फड़कने लगा
यूँ तो गुज़रे थे दो पहर रोते
और हाथों के उड़ गए तोते
हो गया दिल को इस तरह का हरास
आए सौ-सौ तरह के सौ वसवास[265]
कहा एक दोस्त से कि तुम जाकर
जल्द इस शोर-ओ-गुल की लाओ ख़बर
रोते हैं हमसे बदनसीब कोई
मर गया इनका क्या हबीब कोई
यूँ जो अपनी ये जान खोते हैं
कौन हैं किस लिए ये रोते हैं
क्या हुआ इन पै सदमए-जाँकाह[266]
ये जो करते हैं ऐसे ना-ला-ओ-आह
दौड़े आख़िर उधर मेरे अहबाब
लेकर आए ख़बर वहाँ से शिताब[267]
किया इस तरह आ के मुझसे बयान
कि यहाँ से है एक क़रीब मकान
बाग़ के पास जो बना है घर
वाँ फ़रीकश[268] है एक सौदागर

यूँ तो एक शोर राह भर में है
पर ये आफ़त उन्हीं के घर में है
साफ़ खुलता नहीं है ये इसरार[269]
मर गया कोई या कि है बीमार
पर ये होता है अक़्ल से इद्राक[270]
कि नहीं बेसबब उड़ाते ख़ाक
कुछ न कुछ तो है ऐसी ही रूदाद
कि ये है शोरे-नाला-ओ-फ़रियाद
नहीं बरपा ये बेसबब मातम
है निकलता किसी जवान का दम
हर बशर हो रहा है दीवाना
कोई मरता है साहबे-ख़ाना[271]
नहीं क़ाबू में है किसी का दिल
पीटते सर हैं साहबाने-महल[272]
नहीं देता सुनाई कुछ बिलकुल
है फ़क़त एक हाय-हाय का गुल
थमता एकदम भी वाँ ख़रोश[273] नहीं
किससे पूछें किसी में होश नहीं
रोते जिस दर्द से हैं वो इस दम
देखा जाता नहीं ख़ुदा की क़सम
कह गई थी जो वो कि खाऊँगी ज़हर
मैं ये समझा कि हो गया वही क़हर
गो हया से न इसका नाम लिया
दोनों हाथों से दिल को थाम लिया
दोनों ने जो देखी ये सूरत
बोले इस तरह अज़रहे-उल्फ़त[274]
हाले-दिल यूँ तुम्हारा ग़ैर जो है
मगर इस वक़्त क्या है, ख़ैर तो है
बेसबब किसलिए हुए हो उदास
उड़ गए क्यों तुम्हारे होश-ओ-हवास
कौन-सी आफ़त आ गई इस दम
मुर्दनी सी जो छा गई इस दम

क्या है जो इतने बेक़रार हैं अब
कोई मर जाए इससे क्या मतलब
ऐसी हालत जो पेच-ओ-ताबकी है
तुमको क्या वजह इज़्तराब[275] की है
शह्र में रोज़ लोग मरते हैं
ख़फ़क़ाँ[276] इसका कोई करते हैं
फ़िक्र करता है इस तरह की ज़बूँ[277]
यूँ ही हो जाता है बशर मजनूँ
सुनके माँ-बाप क्या कहेंगे बताओ
होश पकड़ो ज़रा हवास में आओ
तुमको क्या है जो जान खोते हो
बेसबब आप ही आप रोते हो
हो रहे हो मलूल किस ग़म से
हाल दिल का तो कुछ कहो हम से
ताना आमेज़[278] दोस्तों के बयान
हुए मालूम नश्तरे-रगे-जान[279]
न दिया उनको मारे ग़म के जवाब
ढाँपकर मुँह किया बहांनए-ख़्वाब
उठ गए लोग पास से जिस दम
खोलकर मुँह को चुपके बैठे हम
हाले-दिल सीने में हुआ जो तबाह
बैठा क़मरे में आनकर सरे-राह
देखा बरपा है एक हश्र का गुल
भीड़ से बन्द राह है बिलकुल
इस तरफ़ से जो लोग आते हैं
यही आपस में कहते जाते हैं

बेटी के ग़म में माँ-बाप की परीशानी का दृश्य

हाल उनका भी जाए-रिक़्क़त[280] है
दाग़ औलाद का क़यामत है

नोच डाले हैं सारे सर के बाल
क्या परीशाँ है वालिदैन का हाल
आफ़ते-ताज़ा सर पै है आई
बक रहे हैं मिसालेसौदाई[281]
ध्यान उनकी तरफ़ जो जाता है
गम़ से मुँह को कलेजा आता है
जो कि उसमें थे साहबे-औलाद
हाल अबतर था उनका हद से ज़ियाद
कहते थे कूटकर सर-ओ-सीना
क्यों न दुश्वार उनका हो जीना
मर्गे-औलाद[282] का वो मातम है
रंज-ओ-ग़म जिस क़दर करें कम है
कोई कहता था कैसी आफ़त है
नौजवाँ मरना एक क़यामत है
यूँ तो है अज़मए-ज़माना[283] मर्ग
न मरे पर कोई जवानामर्ग[284]
कोई बोला कि है सभी को मलाल
देखा जाता नहीं है बाप का हाल
आतिशे-दिल से दिल हुआ है कबाब
है तपाँ मिस्ल माहीये-बेआब[285]
चश्मा जारी है चश्मे-गिरियाँ[286] का
होश बाक़ी नहीं तन-ओ-जाँका
है किसी को न सब्र नै आराम
देखनेवाले रो रहे थे तमाम

प्रेमिका का जनाज़ा

पीट डाले हैं सबने सर अपने
सर-ओ-पाकी नहीं ख़बर अपने
बनिए लोग जान खोते हैं
सारे दूकानदार रोते हैं

हाल देखा जो मैंने ये उठकर
रह गया सीने में दिले-मुज़्तर[287]
न रही ताब रंज के मारे
लगे थर्राने दस्त-ओ-पा सारे
बहरे-उल्फ़त[288] ने दिल में मारा जोश
गिर पड़ा होके ख़ाक पर बेहोश
इश्क़ की थी जो दिल में बीमारी
ग़श का आलमसा हो गया तारी[289]
दो घड़ी बाद फिर जो आया होश
देखा बरपा अजब है जोश-ओ-ख़रोश
आगे-आगे है कुछ जुलूस रवाँ
सर खुले पीछे-पीछे पीर-ओ-जवाँ
सिनरसीदा हैं औरतें कुछ साथ
सीना-ओ-सर पे मारती हैं हाथ
कोई मामा है कोई दाई है
कोई अन्ना कोई खिलाई है
जब वो भरती हैं ग़म से आहें सर्द
सुननेवालों के दिल में होता है दर्द
होता ग़ैरों को है मलाल उनका
देखा जाता नहीं है हाल उनका
कुछ बयान ऐसे होते जाते हैं
रस्तेवाले भी रोते जाते हैं
इसके पीछे पड़ी फिर उस पै निगाह
कि न देखे बशर मआज़ल्लाह
शामियाना नया ज़रीका है
नीचे ताबूत[290] उस परीका है
सेहरा उस पर बँधा है एक ज़रतार[291]
जैसे गुलशन की आख़िरी हो बहार
थी पड़ी उस पै एक चादरे-गुल[292]
जिससे खुशबू वो राह थी बिल्कुल
ऊदसोज़[293] आगे-आगे रोशन थे
मर गए फिर भी लाख जोबन थे

भीड़ ताबूत के थी ऐसी साथ
जैसे आए किसी दुल्हन की बरात
सब अमीर-ओ-शरीफ़ थे हमराह
भीड़ थी इस क़दर कि बन्द थी राह
साथ थे ख़्वेश-ओ-अक़रबा सारे
रो रहे थे ग़रीब बेचारे
पीछे-पीछे था सब के सौदागर
सौ परीशान उदास ख़ाक बसर
आगे-आगे जनाज़ा जाता था
ग़श उसे हर क़दम पै आता था
हाथ थामे थे अक़रबा सारे
ता किसी जा पै सर न दे मारे
हाल इस दरजा हो रहा है ज़बूँ[294]
बहता जाता है सर के ज़ख़्म से ख़ूँ
सब अमीर-ओ-फ़क़ीर रोते थे
देखकर राहगीर रोते थे
पीछे सबके फ़िनस में[295] थी मादर
कहती जाती थी इस तरह रोकर
तेरी मैय्यत[296] पै हो गई मैं निसार
कम सुख़न हाय मेरी ग़ैरतदार
कुछ नहीं माँ की अब ख़बर तुमको
किसकी ये खा गई नज़र तुमको
दिल पै जो गुज़री कुछ बयान न की
कुछ वसीयत भी मेरी जान न की
दिल ज़ईफ़ी में मेरा तोड़ गई
बेटा इस माँ को किस पै छोड़ गई
ताज़ा पैदा जिगर का दाग़ हुआ
घर मेरा आज बेचराग़ हुआ
दिल को हाथों से कोई मलता है
जी सँभाले नहीं सँभलता है
जह्र दे दे कोई मैं खा जाऊँ
या ज़मीं शक़[297] हो मैं समा जाऊँ

दाग़ तेरा जिगर जलाता है
चाँद सा मुखड़ा याद आता है
मिट गया लुत्फ़ ज़िन्दगानी का
दिल को ग़म है तेरी जवानी का
ब्याह तेरा रचाने पाई न मैं
कोई मन्नत बढ़ाने पाई न मैं
तेरी सूरत के हो गई क़ुर्बान
चलीं दुनिया से कैसी पुर-अरमान
हुई किस बात पर ख़फ़ा बोलो
अन्ना वारी ज़रा जवाब तो दो
बोलतीं तुम नहीं पुकारे से
अब जिऊँगी मैं किस सहारे से
क्या क़जाने जिगर पै दाग़ दिया
आज घर मेरा बेचराग़ किया
निकला माँ-बाप का न कुछ अरमान
हाय बेटी न तुम चढ़ीं परवान
ऐसी इस माँ से हो गई बेज़ार
ली न ख़िदमत भी पड़ के कुछ बीमार
न जिऊँगी तेरे फ़िराक़[298] में मैं
दिल तड़पता है आँखें ढूँढ़ती हैं
किस मुसीबत में पड़ गई बेटा
कोख मेरी उजड़ गई बेटा
उम्र कटनी थी ऐसे सदमे में
ठोकरें थीं बदी बुढ़ापे में
सुन के इस तरह उसके माँ के बैन
और सीने में दिल हुआ बेचैन
थी वसीयत जो उस परी की याद
सबके पीछे मैं हो लिया नाशाद[299]
गो ये ताक़त न थी कि चलता राह
ले चला जज़्बे-इश्क़ पर हमराह
पीछे उन सबके जो रवाँ था मैं
सूरते-गर्दे-कारव[300] था मैं

गो तड़पता था सूरते-बिस्मिल
बैठ जाता था गाह थाम के दिल
ज्यूँ ज्यूँ करता था ज़ब्त मैं नाला
दिल हुआ जाता था तह-ओ-बाला[301]
मुर्ग़े-बिस्मिल की मेरी सूरत थी
याँ गिरा वाँ गिरा ये हालत थी
अलग़रज़ पहुँचा साथ उनके वाँ
दफ़्न का उसके था मुक़ाम जहाँ
क़ब्र खुदती जो वाँ नज़र आई
लाख रोका पै चश्म भर आई
देखकर ये जो लोग रोने लगे
टुकड़े-टुकड़े जिगर के होने लगे
ताक़ते-ज़ब्त वाँ पै जब न रही
दिल से मैंने ये अपने बात कही
कह के क्या मर गई वो जान तुझे
कुछ वसीयत का भी है ध्यान तुझे
हो न लिल्लाह बेक़रार इतना
ज़ब्त कर दिल को हो सके जितना
दिल को समझा के ये गया मैं वाँ
जमा सब उसके अक़रबा थे जहाँ
दिले-आफ़तज़दा को बहलाकर
चुपका बैठा मैं एक तरफ़ जांकर
अश्क आँखों से गो न बहते थे
लोग पर देख-देख कहते थे
हाल चेहरे का आज कैसा है
ख़ैर तो है, मिज़ाज कैसा है
लाल आँखें हैं तमतमाए हैं गाल
वज्ह क्या है बयाँ तो कीजिए हाल
मुँह पै एक मुर्दनी-सी छाई है
चेहरे पर छुट रही हवाई है
बोला मैं और कुछ नहीं है बात
शब को सोया नहीं मैं सारी रात

उस पै पैदल जो आया हूँ मज़बूर
रंग चेहरे का हो गया काफ़ूर
तर्के-आदत भी एक आदत है
रात का जागना क़यामत है
दिल का शक उनके सब निकाल दिया
यही कह-सुन के उनको टाल दिया
गुल हुआ इतने में सब आते जाएँ
फ़ातहा पढ़ते जाएँ जाते जाएँ
सुन के ये सब गए वहाँ अहबाब
बख़्शा पढ़-पढ़ के फ़ातहा का सवाब
जब कि इससे भी हो गई फ़ुर्सत
आए जितने थे हो गए रुख़सत
पाई तनहा जो मैंने यार की क़ब्र
दिल को बाक़ी रही न ताक़ते-सब्र
था जो उस शमअ-रू का परवाना
दौड़कर आया मिस्ले-दीवाना
गिर पड़ा आके क़ब्र पर एक बार
और रोने लगा मैं ज़ार-ओ-नज़ार
न रहा था जो अख़्तियार में दिल
लोटा तुरबत पै सूरते-बिस्मिल
दिल अजब कुछ मज़ा उठाता था
क़ब्र उसकी गले लगाता था
मर गई थी जो मुझ पै वो गुलफ़ाम[302]
ज़िन्दगी हो गई मुझे भी हराम
देखा आँखों से था जो ऐसा क़ह्र
खा गया मैं भी घर में आके ज़ह्र
दो पहर तक तो क़ै रही जारी
बाद फिर इसके ग़श हुआ तारी
तीन दिन तक रही वो बेहोशी
हो गई जिससे ख़ुद फ़रामोशी
ऐन ग़फ़लत में फिर ये देखा ख़्वाब
कि ये कहती है वो ब-चश्मे-अताब[303]

सुन तो रे तूने ज़ह्र क्यों खाया
कुछ वसीयत का भी न पास आया
हुए खुदरफ़्ता[304] ऐसे हद से ज़ियाद
दो ही दिन में भुला दी मेरी याद
दिल से मेरा भुला दिया कहना
हाँ यही चाहिए था क्या कहना
कह के ये जब वो हो गई रूपोश[305]
खुल गई आँख आ गया मुझे होश
ज़ह्र का फिर न कुछ असर पाया
एक तअज्जुब-सा मुझको ये आया
आशना दोस्त सबका था ये बयान
मुर्दे जी उट्ठे लो खुदा की शान
हो गया वालिदैन को ये सुरूर[306]
बढ़ गया दिल का चैन चश्म का नूर
अक़रबा सुन के सब हुए दिलशाद
आके देने लगे मुबारकबाद
हासिल इतना था इस कहानी से
हम रहे जीते सख़्त जानी से[307]
इश्क़ में हमने ये कमाई की
दिल दिया ग़म से आशनाई की

सन्दर्भ

1. ईश्वर की स्तुति 2. ईश्वर का एक नाम 3. ईश्वर अमर है 4. नश्वर 5. सुननेवाला 6. नया 7.पुराना 8. मुहम्मद साहब की प्रशंसा 9. प्रशंसा, मुहम्मद साहब का अहमद भी नाम था 10. बह्र = समुद्र कूज़ा = मिट्टी का बधना 11. मुहम्मद साहब की तारीफ़ 12. मुँह 13. कहने की जगह 14. स्थान, पद 15. संसार 16. वस्तु 17. प्रदान 18. रुदन और पीड़ा 19. चाँद 20. सौन्दर्य 21. आँख 22. सीधापन 23. एक फूल की लता 24. मोती 25. मूर्तियों 26. प्रेम 27. आब = पानी गिल = मिट्टी 28. मनुष्य 29. तौर तरीकों 30. फ़रियाद रुदन 31. हिला-मिला 32. वियोग की आग 33. ईश्वर 34. कहानी का प्रारम्भ 35. कहानी 36. शरीफ़, सज्जन पुरुष 37. धनपति 38. आदरणीय 39. सम्पन्नता 40. उच्च कुल 41. बेटी 42. चाँद से माथेवाली सुन्दरी 43. जिसे देख हूर (अप्सरा) भी लजाए

44. वास्तव 45. यौवन पुष्प का पौधा 46. युसुफ़ (एक अद्वितीय सुन्दर पैग़म्बर) का सौन्दर्य 47. शिष्ट 48. सभ्य सुसंस्कृत 49. चीन के हिरन को भी जिनसे ईर्ष्या हो 50. अद्वितीय 51. 52. 53. अच्छे गले अच्छी शक्ल और अच्छी बोलचालवाली 54. चुना हुआ 55. कविता करने 56. रुचि 57. जिस पर प्रत्येक पोशाक खिले 58. माता-पिता के जी का चैन 59. बादल 60. इन्द्रधनुष 61. कोठे 62. घबराहट, परेशानी 63. सौदागर की पुत्री 64. सुन्दरी फूल से चेहरेवाली 65. सैर का निरीक्षण करनेवाली 66. हर तरफ़ 67. परस्पर बातचीत 68. काया 69. प्रेम बाण 70. गहरा 71. आँसू 72. चमकता चाँद 73. देखने की ताब 74. लौंडी 75. केश 76. सुन्दरी 77. रात 78. दुख के आवेग 79. तसकीन के लिए 80. पीले गाल 81. बुरी हालत 82. आत्मविस्मृति 83. विरह 84. उड़ना, प्राणपखेरू शरीर के पिंजड़े से उड़ गए 85. शोले की तरह लाल चेहरा, दूसरों को जलानेवाला सुन्दर मुखड़ा 86. एक लाल फूल 87. एक बहुत महीन कपड़ा जिसके बारे में मशहूर है कि चाँदनी में टुकड़े-टुकड़े हो जाता है 88. बलिदान 89. दिन रात ईश्वर को मनाकर 90. कटु 91. समय ज़िन्दगी 92. मनौती 93. नाम को 94. स्वाधीन 95. परेशान 96. बुरा हाल 97. जवानी 98. दिल 99. आसक्त 100. आशिक़ 101. दाई, बाँदी 102. अभागे 103. पागल 104. बदनामी 105. बातें 106. होश हवास 107. प्रेम की आग 108. घबराहट 109. कान दिल की फ़रियाद सुनने लगा 110. क़सम 111. विरह की आग 112. दिल जलानेवाली 113. घायल पक्षी 114. ख़राब हालत 115. बहुत गहरा मित्र, साथी 116. धैर्य और शान्ति 117. प्रेम पत्र 118. बिना डरे 119. पता 120. विरह के दुख 121. वियोग 122. दुर्लभ 123. वियोग के दुख का भार 124. दर्शनाभिलाषी 125. पत्र 126. ढंग 127. पहल 128. अपमान 129. तौबा; शाब्दिक अर्थ है खुदा की पनाह या खुदा रक्षा करे 130. मिलाप 131. दिल की गर्मी 132. परिचित 133. लिक्खा 134. मौत 135. दामन से लगी है 136. असमर्थ 137. क़यामत = प्रलय ऐसी क्या पड़ी थी 138. सदा से हमेशा से 139. पसन्द 140-141. टोनों, टोटकों की ओर संकेत है 142. जूती 143. दुश्मनी के व्यवहार 144. शेख़ी 145. वेश्या 146. लौंडी बाँदी 147. लाग-लगाव 148. मिलाप के इच्छुक 149. पूरा 150. अप्सरा जिसे देख शर्मा जाए 151. बृहस्पति के दिन 152. संयोग 153. कट गए, बन्द हो गए 154. सन्देश 155. तबियत, चित्त 156. चिन्ता 157. एकाएक 158. आफ़त, मुसीबत 159. भुला दी 160. विरक्त 161. हुस्न की रानी 162. चाँद का टुकड़ा 163. क्या बताऊँ कि उसके आने जाने को परखने पर क्या मालूम हुआ 164. सीमित 165. तात्पर्य 166. कुटुम्ब 167. चचेरा 168. बराबर 169. ज़ाहिर 170. सम्बन्धी 171. जायइबरत = ऐसी जगह हर चीज़ से शिक्षा ली जा सके, सराय फ़ानी = वह सराय जो एक दिन खतम हो जाएगी, दुनिया 172. जवानी में मारनेवाली 173. संकीर्ण क़ब्र 174. काँटे 175. भीड़ 176. उल्लू का घोंसला 177. बड़ी प्रतिष्ठावाले जिनके झंडे थे अप्सराओं को शर्मानेवाली सुन्दरियाँ 178. एक से बढ़कर एक 179. निवासी 180. सात देशों के बादशाह 181. मिट्टी के नीचे रहने लगे 182. ईरान का प्रसिद्ध सम्राट 183. ईरान के मशहूर पहलवान रुस्तम और साम 184. सिर 185. किसी की आत्मा की शान्ति के लिए ईश्वर से प्रार्थना को फ़ातेहा कहते हैं 186. मर गए 187. हड्डी का ढाँचा 188. जर्मनी

और चीन के सम्राटों की उपाधि 189. क़ब्रों के निशान 190. खापेड़ी 191. जिसे देख अद्वितीय सुन्दर पैग़म्बर युसुफ़ को भी ईर्ष्या हो 192. परिवर्तित 193. ईरान की मलका, फ़रहाद की प्रेमिका 194. पहाड़ काटनेवाला, प्रेमी फ़रहाद 195. नलदमयन्ती 196. प्रेम-सुगन्धि 197. मजनूँ 198. लैला 199. मधुर बोलियाँ बोलनेवाले पक्षी 200. समस्त सृष्टि नश्वर है 201. छुटकारा 202. नश्वर 203. वास्तविक जीवन 204. विष 205. धैर्य 206. बदनामी 207. सम्बन्धी 208. जनाज़े 209. पागल 210. व्यंग करेंगे 211. ताकि 212. वियोग का दुख 213. प्राप्त, हासिल 214. लगा लेना 215. पुरुष का दिल 216. क़ब्र 217. क़ब्र 218. परस्पर 219. साँझ सबेरे 220. रुदन और आह 221. क़यामत 222. ईश्वर की इच्छा 223. आमोद-प्रमोद की सभा या गोष्ठी 224. वह रात जिसमें रात भर जागकर ईश्वर को याद किया जाता है, आतिशबाज़ी छुड़ाई जाती है 225. प्रेम की लाज रखने का तक़ाज़ा, माँग 226. जो कभी नाश न होगा 227. काले नाग के काटने की लहर 228. दुखी आत्मा 229. निछावर 230. दुखी 231. सहानुभूतिपूर्ण बात-चीत 232. भय 233. साथी, दिली दोस्त 234. उदास 235. परलोक 236. जाँघों 237. ढंग 238. हाथ-पैर 239. बातें 240. ईश्वर 241. रंज 242. आफ़त, मुसीबत 243. उम्र 244. दुख की जगह 245. क्रुद्ध दृष्टि 246. बेशर्म, बेहया 247. रंज ग़म, दुख 248. दामन पकड़ेगी 249. दुख के आवेग से 250. भय 251. खड़ी 252. आसमान के नीचे 253. प्रभात समीर 254. सुबह चार बजे फ़ौजी सिपाहियों को जगानेवाला बाजा 255. बेंत 256. कलमा, जिसका अर्थ है ईश्वर के सिवा कोई ईश्वर नहीं 257. सर से पाँव तक 258. दिल की जलन 259. बढ़ने लगा, अफ़जूँ = बढ़ना 260. बलाओं के साथ मुसीबत, महान विपत्ति 261. डरावने 262. बेचैनी का बढ़ना 263. दुखी 264. घायल 265. बुरे-बुरे विचार, शंकाएँ 266. जान को घुलानेवाला, बहुत दुखप्रद दुर्घटना 267. जल्दी 268. रहता है 269. रहस्य 270. समझ में आता है 271. घर के निवासी 272. महल के निवासी 273. शोर 274. प्रेम के कारण 275. बेचैनी 276. घबराते 277. बुरा हाल 278. तानों भरी, व्यंगपूर्ण 279. मुख्य नाड़ी में नश्तर (चीरा) लगना 280. जिस पर रोना आए 281. पागल 282. औलाद (सन्तान) के मरने 283. सारा ज़माना मरने के लिए है 284. जवानी की मौत 285. बिना पानी की मछली 286. रोती आँखों से चश्मा (स्रोत) बह रहा है 287. व्याकुल हृदय 288. प्रेम-सागर 289. मूर्च्छा-सी छा गई 290. जनाज़ा, वह लकड़ी का पलंग जिस पर शव रखकर क़ब्रस्तान ले जाते हैं 291. सुनहरा 292. फूलों की चादर 293. अगरबत्ती 294. बुरा 295. पालकी 296. जनाज़ा 297. फट जाए 298. वियोग 299. दुखियारा 300. कारवाँ की धूल स्वरूप 301. उल-पुलट 302. सुन्दरी, फूल से चेहरेवाली 303. क्रुद्ध दृष्टि से 304. आत्म विस्मृत 305. छिप गई 306. खुशी 307. सख़्त, जानी से अर्थात् प्राण आसानी से न निकल सके इस कारण।

हुस्ने-फ़ितरत

मुंशी गोरखप्रसाद 'इबरत' गोरखपुरी

यह मसनवी एक रूपक है जिसकी रचना मेरे पूज्य पिताजी स्वर्गीय मुंशी गोरखप्रसाद 'इबरत' ने अब से साठ बरस पहले की थी। एक शहर चार तत्त्वों—आग, पानी, मिट्टी और हवा से बना है। उस नगर का नाम जिस्म है अर्थात मनुष्य का शरीर। नगर की मलका रूह (आत्मा) है। राजकुमार दिल है। वज़ीर या प्रधान मन्त्री अक़्ल (बुद्धि) है। उसके मशीरकार (सहयोगी) होश-ओ-हवास हैं। संसार निगारख़ाना है। वहाँ की राजकुमारी हुस्न है जिसकी दो सहेलियाँ हैं अदा और नाज़। दिल जवान होकर निगारख़ाने की सैर को निकलता है जहाँ निगारख़ाने की राजकुमारी हुस्न की देवी का सामना हो जाता है। निगारख़ाने में अपरिचित का आना एक कोलाहल मचा देता है। हुस्न की देवी एक तीर चलाती है और दिल घायल हो जाता है।

जिस्म नामी नगर में राजकुमार के ग़ायब हो जाने से एक कुहराम मच जाता है। मुख्य मन्त्री अक़्ल दिल की तलाश में निकलता है और बहुत दौड़-धूप के बाद दिल को मुजरिम की हैसियत से निगारख़ाने के बादशाह के इजलास में खड़ा हुआ देखता है। इजलास से दिल को प्राण-दण्ड का हुक्म सुनाया जाता है और मसनवी यहीं आकर खत्म हो जाती है।

मसनवियों में निबन्ध काव्य लिखने के अनेक अवसर पैदा हो जाते हैं। कथा तो चलती ही रहती है लेकिन दृश्यों का वर्णन, जीवन, नीति, मनोविज्ञान इत्यादि तत्त्वों के अनेक पहलू निबन्ध काव्यों के द्वारा उजागर किए जाते हैं। इस मसनवी में कथा के साथ-साथ रूप का सहारा लेकर जीवन, संसार, हुस्न, अक़्ल (बुद्धि) इत्यादि विषयों पर कवि ने जिस क्षमता से, जिस सिद्धहस्त ढंग से अनेक बातें कहीं हैं वो मसनवी के मज़े को बहुत बढ़ा देती हैं।

इस मसनवी में एक हज़ार पंक्तियाँ हैं और लगभग दस हज़ार शब्द

हैं जिनमें उर्दू न जाननेवालों के लिए केवल तीन सौ छियासी ऐसे शब्द और टुकड़े आए हैं जिनका अर्थ देने की ज़रूरत पड़ी है। लेकिन ध्यान देने की बात यह है कि एक हज़ार पंक्तियाँ इस तरह साँचे में ढली हुई हैं, उनकी शैली इतनी नर्म और स्वाभाविक है, खड़ी बोली बनावट से इतनी पाक साफ़ है, वर्णन झोल और उलझाव से इतना बचा हुआ है, बयान में इतना सुलझाव है कि ये थोड़े से मुश्किल शब्द भी कविता में अति सुगम ढंग से खप गए हैं और कहीं से झटका, खटका या भारीपन का अहसास नहीं होता। खड़ी बोली की कविता में या किसी भाषा की कविता में असली समस्या शब्दों की नहीं होती बल्कि असली समस्या ये होती है कि वाक्य सुलझे हुए हैं या उलझे हुए, स्वाभाविक हैं या अस्वाभाविक और ध्वनि भाषा के असली रूप की झलकियाँ दिखाती हैं या नहीं, तोड़-मरोड़ से शैली मुक्त है या नहीं। अगर इस कसौटी पर इस कविता को कसा जाए तो यह कविता सच्ची उतरेगी। हिन्दी के कवियों की प्रायः यह कमज़ोरी होती है कि खड़ी बोली की क्रियाओं और शब्द क्रम के नियमों पर उनका आधिपत्य न होने के बराबर होता है। इसी से प्रायः उनकी रचनाओं में एक गुट्ठलपन आ जाया करता है। गुट्ठलपन दूर करके वाक्यों में लचक पैदा करना हिन्दी कवि उर्दू कवियों से सीख सकते हैं। फिर इसके बाद सवाल उठता है शब्द संकलन का। अरबी फ़ारसी के शब्द हों या संस्कृत के शब्द हों ऐसे ही शब्द लेना चाहिए कि खड़ी बोली के साथ वह अनमिल और बेजोड़ न मालूम हों। खड़ी बोली में कई हज़ार अरबी-फ़ारसी शब्द तो ठेठ शब्दावली के हिस्से बन चुके हैं और जो नहीं बन चुके हैं उनका संकलन भी इतनी सावधानी से किया जा सकता है कि ठेठ न होते हुए भी वो नगीनों की तरह खड़ी बोली में जड़ दिए जाएँ। उतनी ही मेहनत और सावधानी संस्कृत शब्दों के संकलन में आवश्यक है।

इस मसनवी में शैली बड़ी नर्म और संयत है, भारीपन बयान में कहीं नहीं आने पाया है और भाषा या ज़बान सरल होते हुए भी इतनी सुसंस्कृत है, विचार का स्तर इतना पाक साफ़ है, कविता की झंकार इतनी सुहानी है कि कवि की सफलता मानने के लिए हम विवश हो जाते हैं। यह कविता बहुत ही सुशिक्षित कविता है, केवल शिक्षाप्रद नहीं है।

हुस्ने-फ़ितरत[1]

(प्रकृति सौन्दर्य)

बिगड़ना बनना हक़ीक़त में[2] इत्तफ़ाक़ पै[3] है
ख़ुशी बशर की[4] मगर मुनहसर[5] मज़ाक़ पै[6] है
सलाहे-ख़ुल्क़[7] तबीयत के बरख़िलाफ़[8] नहीं
मिज़ाज़े-अस्ल से[9] नेचर[10] को एख़्तिलाफ़[11] नहीं
वह नफ़्स[12] जिससे है कायम वजूदे-इन्सानी[13]
वो कैफ़ियत[14] जिसे कहते हैं लोग नफ़्सानी[15]
उतरना ज़ेह्न[16] में वो मुख़्तलिफ़ ख़यालों का
वो सोना ख़्वाबे-तसव्वुर[17] में होशवालों का
बशर कि उम्रे-तबीई[18] का एक सहारा है
अगर न समझो तुम्हें ज़ैल[19] में इशारा है

(1)

था एक शह्र जो था चार अन्सरों[20] से बना
वो चार कौन ? यही आग, पानी, ख़ाक, हवा
उन्हीं पै पाए था हर काम इन्सराम[21] उसका
तमाम ख़ल्क़[22] में मशहूर जिस्म नाम उसका
और रूह (नूरे-ख़ुदा[23]) ताज-ओ-तख़्तवाली थी
इसी के दम से फ़क़त शह्र की बहाली थी
फ़ना[24] की गोद में हर चन्द[25] वो मचलती थी
हमेशगी[26] का मगर रास्ता वो चलती थी
था एक लख़्ते-जिगर[27] जिस पै था ग़ुरूर[28] उसे

उसी के वादए-उल्फ़त[29] का था सरूर[30] उसे
दिल उसका नाम था सीना में था मुक़ाम उसका
सवादे-जिस्म में जो था वो था गुलाम उसका
खुदा के फ़ज़्ल-ओ-करम[31] से वो जब जवान हुआ
तो गुल खिलाने को तैय्यार आसमान हुआ

(2)

निकल गया था वो एक सम्त[32] सैर करने को
दयारे-ग़ैर[33] में नादाँ[34] गया था मरने को
इसे ख़बर न थी कुछ किसकी सरज़मीन है ये
ये हिन्द है कि अदन, क़ाफ़[35] है कि चीन है ये
वो देखता था जहाँ तक नमूका[36] आलम[37] था
अजब हवा थी, अजब रंग-ओ-बू का आलम था
नज़र के सामने सब्ज़े भी लहलहाते थे
हरे-हरे से वो पौधे निकलते आते थे
नसीमे-सुब्ह[38] वहाँ हर तरफ़ मचलती थी
सबा[39] भी झूम के अटखेलियों से चलती थी
समाँ अजीब वहाँ के था सब्ज़ाज़ारों में[40]
कि फ़स्ले-गुल[41] भी खड़ी थी उमीदवारों में
हर एक गोशए-गुलज़ार[42] में बहार थी वाँ
चहार सम्त से हर दम यही पुकार थी वाँ
बहिश्त[43] अगर है कहीं तो इसी ज़मीं पर है
यहीं की ख़ाक है जो चाँद की जबीं[44] पर है
दिखाई देता था क़ुदरत[45] का कारख़ाना उसे
वहाँ के लोग थे कहते निगार ख़ाना[46] उसे
हर एक रविश[47] पै वो मस्तानावार झूमता था
हर एक कूचा में हैरतज़दासा[48] घूमता था
क़दम-क़दम पै मसर्रत[49] से था निहाल बहुत
वो दिल में करता था हसरत से क़ील-ओ-क़ाल[50] बहुत
कि नागहाँ[51] उसे कुछ दूर से नज़र आया
हो जैसे नूर[52] का दामन किसी ने फैलाया

(३)

वो ताब जिससे बहुत पेच-ओ-ताब होता है
वो वादा[53] जिससे बहुत दिल कबाब[54] होता है
वो मन कि जान गँवाँ बैठे मनचले जिस पर
वो चीज़ नाज़ हैं करते भले बुरे जिस पर
वो चाँदनी कि जहाँ माह[55] एक पारा है
वो धूप जिसका ये खुरशीद[56] एक शरारा[57] है
वो सुब्ह जिसमें नसीमे-मुराद[58] चलती है
वो शाम आरज़ू की शमअ[59] जिसमें जलती है
वो यानी हुस्न बड़े इज़्ज़-ओ-जाहकी[60] बेटी
निगारख़ाना के नैरंगशाह[61] की बेटी
बड़े जलाल-ओ बड़े कर्रेओफर[62] से आती थी
हर एक शै[63] को गिराती नज़र से आती थी
वो आ के जब हुई दाख़िल निगारख़ाने में
तो जगमगा उठी वो सरज़मीं[64] ज़माने में
वो चूँकि सुब्हे-अज़ल[65] से थी पाकबाज़[66] बहुत
निगाहे-ग़ैर से रखती थी एहतराज़[67] बहुत
वो अजनबी की निगाहों से शर्म खाती थी
हया की ओट में मुँह अपना वो छिपाती थी
पड़ी निगाह दिले बुलहवस[68] पै जब नागाह[69]
तो तमतमा उठी–जोशे-ग़ज़ब से ग़ैरते-माह[70]
अदा-ओ-नाज़ से (जो थीं सहेलियाँ उसकी
जो बूझा करती थीं हरदम पहेलियाँ उसकी)
कहा कि देखो मुक़ाबिल में ये खड़ा है कौन
हमारे सामने ज़िद[71] की तरह अड़ा है कौन
है सर का दर्द मेरे जिस्म का बुख़ार है ये
हटाओ जल्द बहुत मुझको नागवार[72] है ये
गई ये सब तो वो मर्दानगी दिखाने लगा
हवासबाख़्ता[73] दीवानगी दिखाने लगा
हटा न सामने से इनके, वो अड़ा ही रहा
मिसाले-सायए-दीवार[74] वो खड़ा ही रहा

ये हाल देख के वापस गईं वो हुस्न के पास
कहा नहीं कोई तदबीर अपनी आई रास[75]
करिश्मा-अश्वा[76] को भी हुक्म हो कि आओ तुम
कहा ये हुस्न ने जल्दी इन्हें बुलाओ तुम
ये कह के हुस्न हटी वाँसे बदगुमाँ[77] होकर
नज़र से हो गई ओझल शरर-फ़शाँ[78] होकर

(4)

हटी जो हुस्न तो दिल को भी कुछ क़रार[79] आया
शजर[80] के नीचे वहाँ से वो होनहार आया
वो सब्ज़ाज़ार पै बिस्तर जमा के बैठ गया
निगारख़ाना में हलचल उठा के बैठ गया
मआमलात में वो अज़मूदाकार[81] न था
ख़ुद अपनी ज़ात पै कुछ उसको एतबार न था
इधर-उधर की हवाएँ न था वो खाए हुए
न सर्द-ओ-गर्म ज़माने का आज़माए हुए
हज़ार तरह का जी में ख़याल होता था
उमीद-ओ-बीम[82] से ग़ैर उसका हाल होता था
हवास-ओ-होश का सर में न था पता पाता
हवा के साथ था अन्देशा रास्ता पाता
ग़रज़ कि रात कटी इज़्तराब[83] में उसकी
उचाट नींद हुई पेच-ओ-ताब में उसकी

(5)

अलस्सबाह[84] जो ख़ुरशीद[85] ने निकाला मुँह
और उसके साथ ही शब[86] ने छुपाया काला मुँह
बदन में दिल के तर-ओ-ताज़गी ने जोश किया
उठा के ख़ाक से बिस्तर को बारे-दोश[87] किया
वो था जवान बड़ा ज़ोम[88] था अभी उसको
बलन्द हौसला था--थी न कुछ कमी उसको

अकड़ता जानिबे-मैदाने-कारज़ार[89] चला
उड़ाता ख़ाक वो जान्दादए-बहार[90] चला
उड़ी जो ख़ाक हर एक सू[91] निगार ख़ाने में
तो पेच खाने लगी ज़ुल्फ़े-हुस्न शाने में[92]
कहा ये हुस्न ने किसकी ये गुलफ़िशानी[93] है
हवा है या कोई तूफ़ाने-आसमानी है
बशर चढ़ा है कोई सर पै मुँह की खाने को
बताओ नाज़-ओ-अदा गर हो तुम बताने को
ग़ज़ब जो हुस्न की त्योरी चढ़ी हुई देखी
और उसकी आँखों की सुर्ख़ी बढ़ी हुई देखी
हो मुतफ़िक लबे-इज़हार[94] वा किया सब ने
और इस तरह से बयाँ हाल कर दिया सबने
हज़ूर कल जो पए-सैर बाग़ जाती थीं
निगारख़ाने में ठंडी हवाएँ ख़ाती थीं
तो रास्ते में था एक नौजवाँ खड़ा आकर
पए-मुक़ाबिला[95] गोया वो था अड़ा आकर
सुना जो हुस्न ने इतना तो उसको ध्यान आया
कहा कि हाँ था सरे-राह एक जवान आया
अगर उसी की शरारत ने है उड़ाई ख़ाक
तो ख़ाक में मैं मिला दूँ अभी ये नोह अफ़लाक[96]
बुलाओ अशवा-करिश्मा को जल्द आएँ वो
ये वक़्त है कि जवाँमर्दियाँ दिखाएँ वो
कहो ये ग़मज़ा[97] से अपना भी खोल दे परचम[98]
हर एक सम्त[99] से आकर दिखाएँ सब दम ख़म
ग़रज़ कि हुस्न ने सामान सब दुरुस्त किया
सिपाह लेके चली सबको चाक़-ओ-चुस्त किया
बढ़ा के जल्द क़दम आई कारज़ार[100] में वो
मिसाले-बर्क़[101] गिरी आके सब्ज़ाज़ार[102] में वो
करिश्मा-अशवा भी आए परा[103] जमाए हुए
बहुत से तीर-ओ-तफ़ंग[104] अपने साथ लाए हुए
बुझी थी ज़हर में तलवारें जो चमकने लगीं
और उन पै यासभरी[105] आँखें दिल को तकने लगीं

हर एक सम्त से नज़्ज़ारगी[106] का तीर चला
बिखर के खूब ही आवारगी का तीर चला
इधर ये फ़ौजे-गिराँ[107] और उधर अकेला दिल
पै कारज़ार में कुछ ऐसा खुल के खेला दिल
कि छक्के छूट गए हुस्न के जवानों के
वो ज़र्द पड़ गए—लाले पड़े थे जानों के
ये हाल देख के ज़ीहोश[108] हुस्न दंग हुई
खड़ी थी खेत में जो फ़ौज वो भी तंग हुई
हटी जो फ़ौज तो फिर हुस्न भी ठहर न सकी
उड़ी हवास की सूरत परी ठहर न सकी
पै चलते-चलते रवाँ तीर एक अदा का हुआ
दिल इससे बच न सका और हदफ़ बला[109] का हुआ
लगा जो तीर तो दिल ने जिगर को थाम लिया
ज़मीं पै बैठ गया बेकसी का नाम लिया
चुभा जो सीने में ऐसा कि फिर निकल न सका
उठा वो दर्द कि दिल भी वहाँ से उठ न सका
ठहर-ठहर के कलेजे में दर्द होता था
तड़प-तड़प के ज़मीं पर वो जान खोता था
खिला था फूल सा जो चेहरा पुरमलाल[110] हुआ
कलेजा ख़ून हुआ दिल का और हाल हुआ

(6)

इधर लड़ाई में दिल तो वो तीर खा के गिरा
ग़रूरसा सरे-मैदाँ वो सर उठा के गिरा
उधर जो हुस्न गई घर पै तो क़रार[111] न था
बहुत उदास थी चेहरे पै वो निखार न था
दिखाया था उसे कुछ दिल ने बाँकपन ऐसा
लड़ा था मारका[112] में वह चला के मन ऐसा
कि ताब हुस्न में बाक़ी न थी लड़ाई की
तमाम ढीली पड़ी थीं रगें लड़ाई की
इस इन्तशार[113] में था नश्शए-दिमाग़ उसका

ख़िज़ाँ[114] को खींच रहा था शगुफ़्ता[115] बाग़ उसका
सहेलियों ने जो देखा कि बेक़रारी है
समझ गईं कि लगा कोई ज़ख़्म कारी है
हवासबाख़्ता दौड़ी–हज़ूर में आईं
अदब के साथ सुख़न[116] ये ज़बान पर लाईं
ये क्या हुआ जो परागंदा[117] है मिज़ाज हुज़ूर
दिखाई देती है रंजीदा हमको आज हुज़ूर
ख़ुदानख़्वास्ता[118] पहुँचा कोई मलाल है क्या
बताएँ हमको हज़ूर आज जी का हाल है क्या ?
कहा ये हुस्न ने पहुँचा कोई गज़न्द[119] नहीं
मैं पुरमलाल नहीं हूँ मैं दर्दमन्द नहीं
अगर है कुछ तो मुझे दिल से बदगुमानी है
अभी जवान है उठती हुई जवानी है
लड़ेगा ख़ूब ही मैदाने-कारज़ार में वो
ये ख़ूब है न उड़ाए मुझे गुबार[120] में वो
किसी तरह से मैं हो सकती हमनबर्द[121] नहीं
जवान हूँ मगर उसकी तरह तो मर्द नहीं
शिकस्त-ओ-फ़तह[122] बशर क़िस्मतों से पाता है
पै इज्ज़-ओ-जाह[123] को अपनी हर एक बचाता है
मैं चाहती हूँ कि कुछ और ढब की बात चले
कि ख़ूब ज़िच हो ये दिल और खा के मात चले

(7)

सहेलियों ने सुनीं जब ये दूर की बातें,
तो बोलीं वो कि हैं सब सच हज़ूर की बातें
यही है शेवए-अक़्ल[124] और मक़तज़ाए-शऊर[125]
कि आदमी करे वो काम जो बताए शऊर
पै क्या करें कि हमारा कुछ अख़्तियार नहीं
हम औरतों में कोई ऐसी होशियार नहीं
तग़ाफ़ुल[126] आए तो शायद सुधारे काम को वो
कि जानता है लड़ाई की रोकथाम को वो

हर एक फ़ितना को[127] दम देके वो सुलाता है
वो अपने गौं पै हर एक शख़्स को लगाता है
इसीलिए वो मुक़र्रर[128] है उसका काम है ये
वो आए मशविरा[129] उससे हो वक़्ते-शाम है ये
अदा-ओ-नाज़ की अलक़िस्सा[130] ख़त्म बात हुई
सलाहे-शूरा[131] का वक़्त आया यानी रात हुई

(8)

शबे-सियह[132] ने जहाँ में उतारा डेरा जब
ज़मीं से लेके फ़लक[133] तक हुआ अँधेरा जब
अदम मिसाल[134] निगाहों में कायनात[135] हुई
हज़ूरे-हुस्न तग़ाफ़ुल[136] की बढ़ के बात हुई
कहा कि हुक्म है क्या, क्यों मुझे बुलाया है
कोई अदू[137] कोई मेहमान घर में आया है ?
मैं बन्द कर दूँ उठा हो अगर फ़साद कोई
नज़र के सामने रख दूँ अगर हो याद कोई
कहा ये हुस्न ने तुझ पर है एतबार मुझे
ख़िज़ाँ में भी तू दिखा देता है बहार मुझे
किया है याद तुझे मैंने एक काम से आज
पड़ी है खलबली क़ल्ब-ओ-जिगर[138] में शाम से आज
है एक जवान कि दिल नाम जिसका सुनती हूँ
हमेशा बुलहवसी[139] काम जिसका सुनती हूँ
निगारख़ाने में आकर मेरे समाया है
उड़ा के ख़ाक मेरे रंग को उड़ाया है
दिखाया ख़ूब मुझे आज सब्ज़ बाग़[140] उसने
बहुत किया है परेशाँ मेरा दिमाग़ उसने
मैं चाहती हूँ तग़ाफ़ुल कोई अमल तू चला
पड़ें न पाँव जहाँ दिल को सर के बल तू चला
सुनीं जो हुस्न की सब पेच-ओ-ताब की बातें
बना के लाया तग़ाफ़ुल जवाब की बातें
कहा—हज़ूर न दें राह इन्तशार[141] को कुछ

न डालें आप तरद्दुद[142] में कारोबार को कुछ
हमारे होते कोई बेक़रार होता है
हमारे पास से दूर इन्तशार होता है
कहाँ है वो अभी लेता हूँ देखभाल उसे
अभी-अभी किए देता हूँ पायमाल[143] उसे

(9)

इधर तो दस्ते-तग़ाफ़ुल[144] में अख़्तियार हुआ
उधर सुनो कि बहुत दिल का हाल ज़ार हुआ
तमाम रात न आया ज़रा भी ख़्वाब उसे
लगी न आँख कुछ ऐसा था पेच-ओ-ताब उसे
वो ज़ख़्मे-तीरे-अदा के असर से रोता था
बहुत जुदाइए-क़ल्ब-ओ-जिगर से रोता था
रह गया न जब उससे तो दर्द से बोला
पुकारकर ये ग़मे-हमनवर्द[145] से बोला
कि ए लई[146] न रवानी पसन्द की तूने
दयारे-ग़ैर में जो राह बन्द की तूने
निगारख़ाने में अब तक न था उभर के चला
हमारे पाँव में ज़ंजीर क्यों तू भर के चला
तू ऐ लईम[147] ग़मे-दिलफ़गार[148] ग़ारत[149] हो
बुरी बला तेरा बोस-ओ-किनार ग़ारत हो
क़दम-क़दम पै हूँ पामाल बख़्त[150] सोता है
घड़ी-घड़ी पै मेरा वक़्त मुझको रोता है
ख़िज़ाँ झपटती है यारब[151] बहार पर मेरी
किसी को भेज मदद को पुकार कर मेरी
ये कह के वक़्तेसहर[152] कारज़ार[153] से उट्ठा
मिसाले-शेर तड़पकर कछार से उट्ठा
उठा सही पै ये दहशत थी हार की उसको
पुकारती थी ज़मीं कारज़ार की उसको

(10)

अदा के हाथ से वो था जो खा के दाग़ चला
चला उधर को जिधर हुस्न का सुराग़[154] चला
लगी थी जी से कि फिर हुस्न के मुक़ाबिल हो
जिगर का दाग़ दरख़्शन्दगी[155] के क़ाबिल हो
मगर यहाँ तो तग़ाफ़ुल का हो गया था अमल
हर एक तरफ़ थी ख़मोशी—कहीं न थी हलचल
बनाया वाँ था तग़ाफ़ुल ने एक हिसार[156] ऐसा
नज़र जो दूर से आता था कोहसार[157] ऐसा
किया था दिल को मुक़ैयद[158] वहाँ तग़ाफ़ुल ने
मिला दिया था ज़मीन आसमाँ तग़ाफ़ुल ने
वहाँ से दिल न निकलने की राह पाता था
तड़प-तड़प के वहीं ज़िन्दगी गँवाता था
सर-ओ-दिमाग़ में सौदा[159] समा गया उसके
हवास-ओ-होश में भी फ़र्क़ आ गया उसके
किया नसीब ने उसके बहुत ज़बूँ[160] उसको
ख़लल दिगाग़ में आया, हुआ जूनूँ[161] उसको

(11)

अज़ीज़[162] दिल की कहीं से ख़बर न आई जब
किसी ने गुमशुदगी[163] की ख़बर सुनाई जब
तो रूह[164] दर्दे-जुदाई से बेक़रार हुई
असर से उल्फ़ते-फ़ितरी[165] के अश्कबार[166] हुई
न पहुँची कानों में जब बन्दोबस्त की आवाज़
तमाम शह्र में गूँजी शिकस्त[167] की आवाज़
ये बेक़रार थी लख़्ते-जिगर[168] के खोने से
पड़ी थी शह्र में एक खलबली-सी रोने से
पए-तसल्लीए-ख़ातिर[169] न कुछ दवा निकली
ज़िगर में दर्द समाया तो ये सदा[170] निकली
मुझे नहीं क़लक़े-बख़्त आज़माई[171] है

पै ये सितम है कि फ़रज़न्द[172] की जुदाई है
जो मेरी गोद में फैला के पाँव सोता था
जो मेरी आँख से एकदम जुदा न होता था
समझती गोशए-दिल[173] का जिसे क़रार थी मैं
मुराद जिसको समझकर उमीदवार थी मैं
जिगर के साथ तअल्लुक़[174] ने जिसके राह थी की
लगा-लगा के कलेजे से जिसकी चाह थी की
वही निगाह से मेरी निहाँ[175] था होने को
ग़लत ख़बर, वही पैवन्दजाँ[176] था होने को
अभी निकलने के क़ाबिल तो उसका दिन भी न था
फ़साना तूल[177] खिंचा वो दराज़ सिन[178] भी न था
कहाँ गया नहीं मिलता है कुछ-सुराग़ उसका
ज़मीं पै है कि फ़लक पर चढ़ा दिमाग़ उसका
खिंचा वो किससे किधर जज़्बे-आब-ओ-दाना[179] हुआ
भुलाया किसने उसे–किसका वो बहाना हुआ
मकान-ओ-बाग़ नहीं मुझको आज भाता है
निकल गई है खुशी और ग़म समाता है
जहाँ उमीद मचलती थी वाँ पै यास है अब
उगा था सब्ज़ा जहाँ वाँ पै सूखी घास है अब
पता अज़ीज़ का ला दो कोई ख़ुदा के लिए
हमारी चीज़ दिला दो कोई खुदा के लिए
शिकस्ता दिल मेरा यारब क़रार पा जाए
हवा के साथ लपटकर बहार आ जाए

(12)

बहुत जो रूह का शोर-ओ-फ़ुग़ाँ[180] बलन्द हुआ
तो सल्तनत का हर एक कार-ओ-बार बन्द हुआ
अजब मची हुई हल-चल थी क़स्रे-शाही[181] में
कि जान-ओ-माल ये सब आ गया तबाही में
तमाम शह्र के छोटों बड़ों में रोना था
तमाम ऊँचे घरों झोपड़ों में रोना था

दिल-ओ-जिगर न थे क़ाबू में बेक़रार थे सब
हो क्यों न ग़म कि बहीख़्वाहे-शह्रयार[182] थे सब
वह कौन था, नहीं जिसको ग़मे-हुज़ूरी[183] था
हर एक यास में मिन्नत-कशे सबूरी[184] था
किसी को ख़ुश[185] नहीं आती थी बाँकी चीज़ कोई
कि था निगाहों से उनकी छिपा अज़ीज़ कोई
किसी की कुछ नहीं चलती थी बदहवास थे सब
थी बात-बात में हसरत बहुत उदास थे सब
हवा हुए थे हवास ऐसे होशियारों के
ख़िज़ाँ में रंग उड़ें जैसे सब्ज़ाज़ारों[186] के
पड़ी थी ज़ीक़[187] में यूँ जानें गमगुसारों[188] की
हो जैसे उठते धुएँ में लपट शरारों की
ख़लल पड़ा हुआ हर एक इन्तज़ाम में था
कि बख़्ते-बदका[189] असर उनके सुब्ह-ओ-शाम में था
सदा ख़राबी की आती थी बन्द-ओ-बस्तों से
ग़म-ओ-अलम की थी आमद ख़ुशी के रस्तों से
भरे अगर्चे सभों ने दम आशनाई के[190]
मगर गिले थे नसीबों की नारसाई[191] के
उड़ा था गर्दिशे-गर्दू[192] से उनका रंग बहुत
फ़लक की चाल से आए हुए थे तंग बहुत
पए-तलाश गए गो सिपाह मर्द बहुत
पै सख़्त राहों से फिर आए हो के गर्द बहुत
जो ग़मने तल्ख़ किया उनके आब-ओ-दाने को
हवास-ओ-होश गए अक़्ल के बुलाने को

(13)

वो अक़्ल कौन जो सच्चा मशीररूह[193] का था
नमक़हलाल मुदब्बिर[194] वज़ीर रूह का था
जो देखा कारगुज़ारों को मुन्तशिर[195] हैं तमाम
हवासबाख़्ता बिखरे इधर-उधर हैं तमाम
क़लक़ हुआ उसे बर्बादी-ओ-तबाही का

कि मुन्तज़िम था वही बारगाहे-शाही का
ये देखता वो महल की तरफ़ शताब[196] आया
हरीमे-रूह[197] में बादीदए-पुर-आब[198] आया
यहाँ जो देखा तो मलका थी दर्दमन्द बहुत
चढ़ा था नाला[199] बलन्दी पै थी कमन्द[200] बहुत
मलूल रूह को जो उसने इस तरह पाया
तो बात ये पये-तस[201] की ज़बान पर लाया
कि वाक़ई सितमे-जाँगुदाज़[202] टूटा है
खुशी के नग़्मए-दिलकश[203] का साज़ टूटा है
ज़मीन-ओ-चर्ख़[204] ने कुछ ऐसे ही पसन्द किया
छिपा के दिल को जो हर एक को दर्दमन्द किया
हैं माह-ओ-साल के चक्कर जो दमबदम होते
तो हैं हज़ारों निशात[205] और ग़म बहम[206] होते
कभी वो दिन थे कि हर रोज़ ईद देखते थे
सरों पै सायए-बख़्ते-सईद[207] देखते थे
खुशी-खुशी से बदलते थे सुब्ह शाम के साथ
बहुत था बिस्तरे आराम थोड़े काम के साथ
झलक थी माह निमत[208] बख़्त के सितारों में
थे चलते काम बहुत ज़ोर के सहारों में
कभी बला नहीं टूटी थी बन्द-ओ-बस्तों पर
कभी न दाग़ लगा था वफ़ा परस्तों पर
चहार सम्त से हर दम खुशी बरसती थी
ज़मीने खुल्दे-बरीं[209] में यहाँ की बसती थी
और अब है रंज-ओ-मुसीबत का सामना सबको
कठिन हुआ है बहुत दिल का थामना सबको
बुरे दिनों में मुक़द्दर, ख़राब होता है
हर एक काम में नाकामयाब होता है
किसे नहीं है क़लक़ वक़्त की बुराई का
घड़ी-घड़ी पै तो खटका है बेवफ़ाई[210] का
निराली तर्ज़ है क़ुदरत के कारख़ाने की
नहीं है एक चलन पर रविश ज़माने की
बलाए-ग़म कभी आई—कभी खुशी आई

इन उलझनों की कशाकश में ज़िन्दगी आई
किसी तरह से नहीं याँ क़रार मिलता है
उमीद-ओ-बीम[211] से हर दम जहान हिलता है
है इस जहान की आब-ओ-हवा सराब[212] की तरह
धुवाँ है जो नज़र आता है मौजे-आब[213] की तरह
ज़मीं पै ख़ाक फ़लक पर धुवाँ ख़ुशी कैसी
हज़ूर होश में आएँ ये बेहुशी कैसी
अगरचे एक घड़ी भी बुरी फ़िराक़ की है[214]
मगर करे कोई क्या बात इत्तफ़ाक़ की है
इस इत्तफ़ाक़ की आमद में रोकथाम नहीं
गुज़रती एक तरह पर है सुब्ह-ओ-शाम नहीं
जब आ के टुकड़े सियह[215] बादलों के छाते हैं
तो आसमान पर अन्धेर एक मचाते हैं
तहस-नहस है सितारों का गोल हो जाता
है दम में जलवए-ख़ुरशीद-ओ-माह[216] खो जाता
मगर घड़ी में जो देखो तो आसमाँ है वही
वही सितारों की है रोशनी समाँ है वही
ग़रज़ कि यूँ ही बलाओं का आना जाना है
इस इत्तफ़ाक़ के हाथों में आब-ओ-दाना है
बशर को चाहिए वो सब्र और शकेब[217] करे
उमीद का न मुसीबत में ख़ाली जेब करे
ख़ुदा वो है जिसे सब कारसाज़ कहते हैं
ग़रीब परवर-ओ-बन्दानवाज़ कहते हैं
हुज़ूर दर से कभी उसके नाउमीद न हों
बहुत न रोइए आँखें कभी सफ़ेद न हों
नहीं है फ़ायदा इस वक़्त रंज करने से
ज़ियादा होगी जलन ठंडी आह भरने से
पए-सुराग़[218] मैं निकलूँगा सुब्ह दम घर से
तलाशे-दिल में उठेगा मेरा क़दम घर से
ख़ुदा ने चाहा तो इसका पता लगाऊँगा
जहाँ पै होगा मेरा दिल वहीं मैं जाऊँगा

(14)

दिखाया अक़्ल ने गुर्रा[219] जो ज़ोरे-बाजू का
तो संग[220] मोम हुआ रंज की तराजू का
सँभल-सँभल के हर एक शख़्स को क़रार हुआ
ठहर-ठहर के शिकस्त आँसुओं का तार हुआ
उठाया रूह ने भी हाथ आह-ओ-ज़ारी[221] से
जिगर को थाम के की बात बुर्दबारी[222] से
मेरे वज़ीर तेरे दम से शादमानी[223] है
हरी ज़मीं पै तू एक नूरे-आसमानी है
पहुँचती ग़ैब[224] से हर वक़्त है मदद तुझको
दिखाई देता है दुनिया का नेक-ओ-बद तुझको
तुझी से आदमी चलता है नेक राहों पर
जो तू रहे न तो पर्दा पड़े निगाहों पर
है रहबरी[225] तेरी मुश्किलगुज़ार रस्तों में
तुझी से जान पड़ी है वफ़ा परस्तों में
तेरे ही दम से हवा सुलह-कुल[226] की चलती है
तुझी से शमए-मुहब्बत दिलों में जलती है
तेरे ही हुस्ने-अमल से है इत्तफ़ाक़ यहाँ
बिगड़ के देख ले पड़ता है क्या निफ़ाक़[227] यहाँ
हवास-ओ-होश न ठहरे जो तू न ठहराए
हवा से-ख़म्सा[228] का चेहरा अभी उतर जाए
घरों में आएँ नज़र आदमी बहायम[229] से
सियाह नामए-आमाल हो जरायम[230] से
वफ़ाशआर सुबुकरूह बातमीज़[231] है तू
अजायबाते-खुदा[232] है मुहिब्ब[233] चीज़ है तू
अजीब चीज़ है तू बख़्शिशे-इलाही[234] से
खुदा दे अक़्ल तो बढ़कर है बादशाही से
अलम[235] बलन्द तू रखता है ख़ैरख़्वाही का
वफ़ापरस्त तू नौकर है बादशाही का
दरे-बलन्द से रुत्बा बलन्द पाया है
तमाम शह्र का अफ़सर तुझे बनाया है

सँभाली तूने हकूमत है होशियारी से
हुआ है तख़्त का सरताज हक़गुज़ारी[236] से
जो तू न हो तो तबाही में कुछ कलाम[237] नहीं
तू ख़ैरख़्वाहे-हक़ीक़ी है कुछ गुलाम नहीं
मेरी निगाहों में तारीक[238] सब खुदाई है
जिगर की चोट है, फ़रजन्द की जुदाई है
जिगर है चाक कलेजा है पाश पाश[239] मेरा
किया है दिल की जुदाई ने राज़ फ़ाश[240] मेरा
बजा न होश, ठिकाने न है तमीज़ मेरी
नज़र के सामने से घूमती है चीज़ मेरी
गया वो जब से मुझे एक दम क़रार नहीं
उजाड़ घर है चमन में मेरे बहार नहीं
मेरे अज़ीज़ की आरामगाह[241] सूनी है
ज़ियादा इससे कोई बख़्त की ज़बूनी[242] है
मैं क्या कहूँ कि मेरे दिल पै क्या गुज़रती है
मेरी उमीद की खेती को यास[243] चरती है
क़लक़ नहीं मुझे उसका निशा न पाने का
दयारे-ग़ैर[244] में डर है सताए जाने का
कड़ी मुसीबतें झेलेगा सख़्त राहों में
समा न जाए कहीं वो बुरी निगाहों में
मुसीबतों का है उड़ता गुबार गुरबत[245] में
नहीं है घर की तरह से बहार गुरबत में
गली-गली में ख़तर रहज़नों[246] से जाँका है
चमन-चमन है बयाबाँ[247] कि डर ख़िज़ाँ का है
वो लोग हैं जो बहुत कुछ ज़माना देखे हुए
तरह-तरह कशिशे-आब-ओ-दाना देखे हुए
सफ़र के नाम से कानों पै हाथ धरते हैं
कशाकशे-सहृ-वो-शाम से बिखरते हैं
हज़ार हैफ़[248] मेरा दिल ने साथ छोड़ा है
निकल के दूर मुहब्बत का तार तोड़ा है
मुझे तो अब किसी सूरत यहाँ क़रार नहीं
मैं क्या करूँ मेरा जाँदादए-बहार[249] नहीं

पता तू दिल का लगा के क़रार दे मुझको
नसीमे-वक़्त-नवेदे-बहार[250] दे मुझको

(15)

ये कहके रूह जो चुप हो गई तो अक़्ल उठा
महल से रूह के अपने मकान पर आया
नशिस्तगाह[251] में अपनी वो आ के बैठ गया
हर एक को पास से अपने उठा के बैठ गया
हज़ार फ़िक्र से बैठा नशिस्तगाह में था
कि सुब्ह दम उसे चलना सफ़र की राह में था
गई जो रात ज़ियादा वो आ के लेट रहा
महल में बिस्तरे-राहत पै जा के लेट रहा
रहा वो ख़्वाब में लेकिन न उसको नींद आई
हज़ार शक्ल से दहशत[252] भरी उमीद आई
तफ़क्कुरात[253] से पिछले पहर को घबराया
सफ़र से पेश्तर अन्देशए-सफ़र[254] आया
अलस्सबाह उठा ख़्वाबगाह से अपनी
खुदा का नाम लिया सच्ची चाह से अपनी
जो नश्शे जज़्ब हुए सर में हक़गुज़ारी के
तो उसके मुँह से झड़े फूल हम्दे-बारी[255] के

(16)

तू ए खुदा कस-ओ-नाकस[256] का पालनेवाला
सरों से आई बलाओं का टालनेवाला
खुला न हाल तेरा वो बड़ा सबब है तू
घटा न वक़्त तेरा ऐसा रोज़-ओ-शब है तू
अगरचे वहम-ओ-गुमाँ[257] ने किया ख़याल बहुत
तेरे लिए हुई हर चन्द क़ील-ओ-क़ाल[258] बहुत
कोई भी तेरी हक़ीक़त बयान कर न सका
न कर सका शरहे-दास्तान[259] कर न सका

मगर जिन्होंने तेरा फ़ैज़[260] कुछ उठाया है
वो जानते हैं कि तूने ही सब बनाया है
तेरी ही ज़ात से सबका सब जहाँ क़ायम
तुझी से हैं ये ज़मीन और आसमाँ क़ायम
चमक से तेरी ही सारा जहाँ उजाला है
डपट से तेरी ही दुनिया में बोलबाला है
तेरे ही जलवे के सब तारे आसमान में हैं
तेरे ही रंग की नैरंगियाँ[261] जहान में हैं
हवा के दोश पै[262] उड़ते परिन्द जितने हैं
ज़मीं की गोद में मरदम चरिन्द[263] जितने हैं
पड़े हैं अमन-ओ-अमाँ[264] से तेरी पनाह में सब
उछलते कूदते जाते हैं तेरी राह में सब
ये आसमान कि खुरशीद-ओ-माह हैं जिस पर
ये सरज़मीन गदा[265] और शाह हैं जिस पर
ये आफ़ताब कि दिन में है रोशनी जिसकी
ये माह रात को बिछती है चाँदनी जिसकी
ये आदमी जो बना एक मुश्ते-ख़ाक[266] से है
मदाम[267] खलबली जिसको उमीद-ओ-बाक[268] से है
जो झाड़ता है गरेबाँ[269] वो नाउमीदी से
नहीं समाता जो जामे में खुशनवेदी[270] से
नहीं समझता इबारत जो सरनविश्तों की
अगरचे आँख झपक जाती है फ़रिश्तों की
शऊर-ओ-अक़्ल[271] से जिसका दिमाग़ रोशन है
तमाम ख़ल्क़ में जिसका चराग़ रोशन है
है जिसके हाथ में दुनिया का इन्तज़ाम तमाम
बशर न हो तो अभी हो जहाँ का काम तमाम
चराग़ गुल अभी हो जाए सारी बस्ती का
रहे न गुलगुला[272] बाक़ी खुदारपस्ती[273] का
बशर का कोई जहाँ में नहीं मुक़ाबिल है
अगर्चे तंगिए-सीना[274] से ज़ीक़[275] में दिल है
नसीब-ओ-बख़्त न इसका अगर कमी करता
तो फिर जहान में क्या कुछ न आदमी करता

हर एक तरह का जज़्बा है इसके सीने में
ये मौज मारता है उम्र के सफ़ीने[276] में
उठाए बोझ है सर पर तमाम हस्ती का
बलन्द गुलगुला है आशनापरस्ती[277] का
है एक को एक से मतलब जहाने-फ़ानी[278] में
इसी से लुत्फ़ है दो दिन की ज़िन्दगानी में
ये मुख़्तसरसा[279] करिश्मा है सारी दुनिया का
अजीब चीज़ है प्यारा है प्यारी दुनिया का
बशर नहीं है तो सारा जहान सूना है
सो वो भी तेरी ही क़ुदरत का एक नमूना है
बजुज़[280] बशर के भी जो है जहान में पैदा
ज़मीं, ज़माना में और आसमान में पैदा
हर एक चीज़ तुझी से हुई वजूद-पज़ीर[281]
तेरी ही ज़ात से सब कुछ है ऐ खुदाए-क़दीर[282]
रवाँ हैं तेरी ही लहरें जहानेफ़ानी में
तू ही है मौजज़न[283] इस एक बूँद पानी में
हर एक शै से है इज़हार तेरी क़ुदरत का
है आफ़ताब[284] नमूदार[285] तेरी क़ुदरत का
फ़क़त न बख़्त है खुरशीद-ओ-माह[286] का रोशन
है ज़र्रा-ज़र्रा तेरी जलवागाह[287] का रोशन
है तेरे नूर पै खुद रोशनी गवाह तेरी
वो चश्मकोर है पाती नहीं जो राह तेरी
मेरी तो आँख खुली है तेरी हक़ीक़त से
नहीं-नहीं मुझे इन्कार तेरी क़ुदरत से
अगर तू चाहे तो ग़ारत अभी जहाँ कर दे
ज़मीं को चाहे तो बालाए आसमाँ[288] कर दे
टपक-टपक के हर एक क़तरा बहे-आब बने
चमक-चमक के हर एक ज़र्रा आफ़ताब बने
ग़ज़ब की धूल चढ़े और कुछ पता न मिले
कहीं ज़मीं-वो-ज़माने में रास्ता न मिले
उड़े वो ख़ाक कि नक़्श-ओ-निगार[289] खो जाएँ
ज़मीं के हाल पै सात आसमान रो जाएँ

ग़रज़ अयाँ-ओ-निहाँ[290] सब तेरी सफ़ात[291] में हैं
ग़ज़ब व लुत्फ़[292] खुदावन्द तेरी ज़ात में हैं
तमाम ख़ल्क़की रौनक़ बहार तू ही है
जो कुछ भी है मेरे परवरदिगार[293] तू ही है
तेरे ही दम का भरोसा है जानदारों को
सँभालता है तेरा लुत्फ़ बेक़रारों को
उमीदगाह है तू ही तमाम जानों की
तू ही ज़मीन है इन सात आसमानों की
हर एक को नाज़ है बन्दानवाज़ियों पै तेरी
गवाह ख़ल्क़ है सब कारसाज़ियों पै तेरी
मुसीबतों में दिलों को टटोलता है तू
गिरह को नाखुने-हिकमत[294] से खोलता है तू
जब आके आफ़तें अपना असर दिखाती हैं
बुरी बलाओं की काली घटाएँ छाती हैं
हवाएँ चलती हैं हर सम्त से ख़राबी की
जिगर पै बैठती है गर्द इज़्तराबी[295] की
हवाए-ग़म से परेशाँ दिमाग़ होता है
नहीं है सूझता कुछ गुल चराग़ होता है
नज़र के सामने छा जाता है अँधेरा-सा
मकाने-ऐश है बन जाता एक घेरासा
तड़प-तड़प के जुदा बन्द-बन्द होता है
जिगर की चोट से दिल दर्दमन्द होता है
पुकारते हैं मदद के लिए हज़ारों को
मगर कोई भी तो सुनता नहीं पुकारों को
अज़ीज़-ओ-ख़्वेश[296] हर एक अपना मुँह छिपाता है
ये सच है कौन मुसीबत में काम आता है
हजूमे-यास[297] से खाते हैं पेच-ओ-ताब बहुत
बशर को करती है बेचारगी ख़राब बहुत
तो खोल देता है परचम तू मेहरबानी का
चराग़ गुल नहीं होता है ज़िन्दगानी का
है क्या अजब तेरी बख़्शिश से शादकाम[298] हूँ मैं
कि बारगाहे-करीमी[299] का एक गुलाम हूँ मैं

रगों में ख़ून भरा है तेरी मुहब्बत का
कि है तू पालनेवाला तमाम ख़िलक़त[300] का
सलामती है हमेशा तेरी सलामी में
कटी है उम्र अभी तक तो नेकनामी में
तेरे करम से न अब तक कोई ज़वाल[301] आया
कटे न दिन कभी ऐसा न माह-ओ-साल आया
मगर ये वक़्त पड़ा सख़्त आज़माइश का
बहुत है डर मुझे कमबख़्त आज़माइश का
कहीं किसी को ज़रा एक दम क़रार नहीं
उमीद पर भी किसी को अब एतबार नहीं
सरशके-ग़म है रवाँ सारी बादशाही में
मदद कर अब कि है कश्ती पड़ी तबाही में
पड़ा है वक़्त कठिन जो वो आशकारा[302] है
तेरे करम के सिवा और क्या सहारा है
तेरे करम की हमेशा उमीद रखता हूँ
जो सोए गोद में तेरी वो नींद रखता हूँ
मदद कर अब तो मेरी जिससे कामयाबी हो
सफ़र की राह में बरपा न कुछ ख़राबी हो
मेरी मुराद पै पहुँचा मुझे सलामत[303] से
बचाइयो मेरे परवरदिगार आफ़त से

(17)

निकल के चर्ख़ पै रोशन जब आफ़ताब हुआ
सहर के हाथ में जब वक़्त का हिसाब हुआ
सबा[304] ने आ के वरक़ कार-ओ-बार का उलटा
नसीबे-खुफ़्ता[305] ने दफ़्तर खुमार[306] का उलटा
हर एक हाथ में गुज़रा हयात[307] का पर्चा
उठो-उठो का हर एक सम्त हो गया चर्चा
गिरी सुनहरी किरन हर तरफ़ ज़माने में
उजाला हो गया क़ुदरत के कारख़ाने में
ज़माना किरनों की जगमग से ग़र्के-नूर[308] हुआ

हुआ उजाला तो ज़ाहिर क़रीब-ओ-दूर हुआ
ज़मीं पै नक़्श[309] हुआ हर्फ़-हर्फ़ हस्ती का
खुबा[310] निगाहों में आलम बलन्द-ओ-पस्ती का
ख़याले-रिज़्क[311] से हलचल पड़ी दिमाग़ों में
नसीमे-फ़िक्र[312] चली ज़िन्दगी के बाग़ों में
पड़ी शुआओं[313] के पड़ने से जान ज़र्रों में
लगे परिन्द[314] उभरने हवा के भर्रों में
बशर के दिल में तर-ओ-ताज़गी से जोश हुआ
गुज़ारा वक़्त जो ग़फ़लत में इसका होश हुआ
ज़बाने-पाक से तब अक़्ल इल्तजा[315] करके
नशिस्तगाह से उट्ठा खुदा-खुदा करके

(18)

और आके दरपै सदा यूँ हवास-ओ-होश को दी
उठो-उठो करो तैयारीये-सफ़र जल्दी
उठो और उठके करो इन्तज़ाम चलने का
न आए ताकि कभी वक़्त हाथ मलने का
ज़रासी देर में दिन भर ख़राब होता है
करो ख़याल तपाँ[316] आफ़ताब होता है
दरंग[317] सुब्ह से होती है शाम रस्तों में
तपिश जो होगी तो होगा मुक़ाम रस्तों में
सहर का कूच सफ़र के लिए मुबारक[318] है
ये वक़्त आठ पहर के लिए मुबारक है
हर एक चीज़ मुहय्या करो सफ़र के लिए
जो कुछ कि हो तुम्हें करना करो सफ़र के लिए
सवेरे चल दो कि चलना दराज़[319] रस्ता है
दयारे-ग़ैर[320] का सीना गुदाज़[321] रस्ता है
ख़बर दो जा के अभी फ़ौजे-बादशाही में
दुरस्त हो के सब आ जाएँ क़स्रेशाही[322] में
हमारे शह्र के ख़िदमतगुज़ार जितने हैं
बजान शेफ़्तए-शह्रयार[323] जितने हैं

जिन्होंने उम्र गुज़ारी है ख़ैरख़्वाही में
न जिनकी वजह से बेड़ा पड़ा तबाही में
है रज़्म-ओ-बज़्म[324] का जिनपर मदाम दार-ओ-मदार[325]
जो हैं फ़राज़-ओ-नशेबे-जहाँ[326] से वाक़िफ़कार
कहो हज़ूर में तैयार हो के हाज़िर हों
ज़रा न हुक्म बजा आवरी में क़ासिर[327] हों
ये कह के अक़्ल समाया लिबास ख़ाने में
और उसके हुक्म ने बाँधी हवा ज़माने में

(19)

हवास-ओ-होश जो उसके बड़े थे कारगुज़ार
बड़े दिलेर, बड़े कारकुन[328] बड़े हुशियार
ये हुक्म सुन के ख़बरदार हो गए दोनों
कमर को बाँध के तैयार हो गए दोनों
उड़े हवा से भी वो तेज़तर ख़याल की तरह
फिरे घड़ी की तरह वो न माह-ओ-सालकी तरह
मिसाले-निर्द[329] समाए घरों में जा-जा के
दिलों में पड़ गई हलचल-सी सब रिआया के
हर एक का दश्ते-कशाकश[330] में आब-ओ-दाना[331] हुआ
हर एक जानिब क़स्रे-शही[332] रवाना हुआ
तमाम जमा हुए आस्ताने-मल्का पर[333]
सब आ गए दरे-जन्नत-निशान मलका पर
दुरस्त बहरे-सफ़र जब तमाम काम हुए
पराजमा[334] के खड़े सफ़-ब-सफ़[335] गुलाम हुए
लिबासख़ाना में तब अक़्ल ज़र्क़-बर्क़ हुआ
वो चाक़-ओ-चुस्त वहाँ पासे ता-ब-फ़र्क़[336] हुआ
फिर एक समन्द पै[337] जो था सुबुक, ख़राम[338] बहुत
बहुत सुडौल, बहुत शोख़, तेज़गाम[339] बहुत
हिरन की तरह से जिसका क़दम उभरता था
घड़ी में सैकड़ों फ़रसंग[340] से गुज़रता था
हुआ सवार बड़े कर्र-ओ-फ़र्र[341] के साथ चला

नसीब ठोंक के फ़तह-ओ-ज़फ़र[342] के साथ चला
समन्द तेज़ हुआ उसका सूरते-सरसर
पहुँच गया वो दरे-क़स्रे बादशाही पर
जब आया अक़्ल तो सब बख़्त के गुलाम उठे
सरे-अदब को झुकाए पए-सलाम उठे
वहाँ जो अक़्ल ने हाज़िर हर एक को पाया
उतर के ज़ीन से नीचे ज़मीन पर आया
हवास-ओ-होश से इस तरह हमकलाम[343] हुआ
बताओ कारगुज़ारो सब इन्तज़ाम हुआ ?
दिया जवाब उन्होंने कि ठीक-ठाक है सब
हर एक पाँव को चल देने की ताक है अब
कहा ये अक़्ल ने दरबार में चलो बैठो
हर एक अंजुमने-कार[344] में चलो बैठो
ये सुनते ही गए दरबार में सग़ीर-ओ-कबीर[345]
जगह-जगह पै हर एक जा के हो गया जागीर[346]
तब आया अक़्ल दरे-ख़्वाब-गाहे-शाही पर
पड़ी थी नींद जहाँ बिस्तरे-तबाही पर

(20)

वहाँ की सुब्ह उदासी में मिस्ले-शाम के थी
पड़ी ख़राबी वहाँ साथ इन्तज़ाम के थी
बहार सुब्ह की खुबती न थी निगाहों में
शुआएँ[347] आग लगाती थीं और आहों में
उजाड़ घर से भी बतदर वहाँ की रौनक़ थी
वही रहा नहीं जिससे मकाँ की रौनक़ थी
पड़ी थी रूह वहाँ सोगवार[348] बिस्तर पर
फ़िराक़े-दिल[349] से थी वो बेक़रार बिस्तर पर
गुज़र गए थे कई रोज़ आह-ओ-ज़ारी[350] में
था आबदाना पड़ा मौजे-अश्कबारी[351] में
जिगर था दिल की जुदाई से दर्दमन्द उसका
बिलक के रोती थी नाला न था बलन्द उसका

वो नूरचश्म जो माँ की नज़र का तारा हो
न जब रहे तो कहो किस तरह गुज़ारा हो
ग़रज़ कि रूह को सुध-बुध न सुब्ह-ओ-शाम की थी
दिन और रात लगी रट पिसर[352] के नाम की थी
तबाह हाल वहाँ इसने रूह को पाया
अदब के साथ अकेला महल में अक़्ल आया
अदब से खोली फिर उसने ज़बाने-गोयाई[353]
सहर हुई, हुआ वक़्ते-सरीर आराई[354]
पड़ी है खलबली क़ुदरत के कारख़ाने में
उठें हज़ूर कि सब उठ गए ज़माने में
ये सुन के रूह उठी बिस्तरे-मुसीबत से
और आई बज़्म[355] में शाहाना शान-ओ-शौकत से
सँभल के कुर्सिये-ज़र्री पै आ के बैठ गई
तमाम बज़्म की इज़्ज़त बचा के बैठ गई
वज़ीरे-अक़्ल फिर उट्ठा मियाने-जम्मे-ग़फ़ीर[356]
और अहले-बज़्म से यूँ वा किया लबे-तक़रीर[357]
नमकहलाल गुलामो दयारे-शाही के
तुम्हारे हाथ में सब कार-ओ-बार शाही के
जहाँपनाह के तुम सब हो ख़ैर-ख़्वाहों में
जगह मिली है ये सोचो तो किन निगाहों में
ज़हे-नसीब[358] कि तुम ख़ैरख़्वाहे-मलका हो
शरीफ़े-शह शराफ़त पनाहे-मलका[359] हो
हमें जो रंज है दुश्मन को भी नसीब न हो
ख़ुदा करे मेरे दिल का कोई रक़ीब[360] न हो
दिल-ओ-जिगर पै हर एक के क़लक़[361] गुज़रता है
पै क्या करें कि ये सब इत्तफ़ाक़ करता है
अबस[362] है गिरया-ओ-ज़ारी अबस है आह-ओ-बुका
कोई मिटा नहीं सकता लिखा नसीबों का
हवाए-ग़म से न बरबाद अपना रंग करो
बहुत उमीद में वुअसत[363] है दिल न तंग करो
यहाँ के काम से ग़ाफ़िल कभी न होना तुम
न भूलकर कभी ग़फ़लत की नींद सोना तुम

न आए अबतरी कोई बदइन्तज़ामी से
न होने पाए कोई मुनहरिफ़[364] गुलामी से
पलट के आऊँ न जब तक दयारेशाही में
रहो रईयत-ओ-मलका[365] की ख़ैरख़्वाही में
ये कह के अक़्ल ने तक़रीर ख़त्म की अपनी
उठी जो बज़्म तो हर एक ने राह ली अपनी

(22)

सुना चुके तुम्हें हम कैफ़ियत ज़माने की
अब आओ सैर कर आएँ निगारख़ाने की
बहुत वसीअ था मैदाँ निगारख़ाने का
दरअस्ल एक नमूना था वो ज़माने का
कहीं चमन था दहकता लपट से फूलों की
कहीं था बाग़ दिखाता बहार झूलों की
बिछा था फ़र्श कहीं सब्ज़-सब्ज़ घासों का
जहाँ मिज़ाज बदल जाता था उदासों का
कहीं-कहीं नज़र आता था झुंड केलों का
लिए हों जैसे सिपाही हरा-हरा झंडा
बड़े-बड़े वो शजर[366] पीपल और बरगद के
खड़े थे दश्त में गोया कि शर्त बद-बद के
थे ऊँचे-ऊँचे बहुत-से दरख़्त ताड़ों के
खड़े थे ऐसे कि टीले हों कुछ पहाड़ों के
कहीं-कहीं थी शफ़ाबख़्श[367] छाँव नीमों की
जहाँ न होती थी हाजत कभी हकीमों की
घना था पत्तों से हर एक सायादार दरख़्त
लदा फलों से था हर एक बारदार[368] दरख़्त
कहीं थीं नहरें, कहीं पोखरें, कहीं तालाब
थे पौदे जिनसे कि सरसब्ज़ और ज़मीं शादाब[369]
किसी मुक़ाम पै मुश्किल गुज़ार जंगल था
कहीं घना था कहीं ख़ारदार[370] जंगल था
फ़लकनुमा थे हज़ारों दरख़्त साखू के

कुलाँचते थे जहाँ आ के झुंड आहू[371] के
जमे हुए था वहाँ जा-बजा बबूल बहुत
बिखर गए थे जहाँ गिर के ज़र्द फूल बहुत
ज़मीन सब्ज़ी से हर सू हरी थी जंगल की
चमन से कम नहीं कुछ सीनरी थी जंगल की
तरह-तरह के थे वाँ तायराने-खुश अलहान[372]
चहक-चहक के जो दिखाते थे जो खुदा की शान
थे सब्ज़ तोते कहीं जिनके सुर्ख़-सुर्ख़ थे ढोर
दिखाते कौवे कहीं अपने इत्तफ़ाक़[373] का ज़ोर
कहीं दरख़्तों से उठदेख[374] कुछ दिखाती थी
कहीं पपीहे की आवाज़ दिल हिलाती थी
कहीं से आती थी पुरदर्द कूक कोयल की
जिगर पकड़ के सुने मर्द कूक कायेल की
बइश्क़े-माह[375] कहीं आग फाँकता था चकोर
घटा को देख के जंगल में नाचता था मोर
अजब बहार दिखाता था पुरफ़िज़ा-मैदाँ
रहे न देख के जिसको बहिश्त का अरमाँ
हर एक सिम्त अयाँ था करिश्मा क़ुदरत का
हर एक शैसे टपकता था हुस्न फ़ितरत[376] का

(23)

लगा था दश्त में नैरंगशाह का इजलास
किसी को लगती थी दहशत से इसकी भूक न प्यास
मुक़द्दमे थे वहाँ पेश अश्कबाज़ों के
हज़ूरेशाह में दफ़्तर खुले थे राज़ों के
हर एक शख़्स की रूदाद[377] शाह सुनता था
हर एक के लिए वाजिब सज़ा वो चुनता था
हर एक घड़ी वाँ ताज़ा शगूफ़ा[378] खिलता था
नतीजा फ़ेल[379] का अपने हर एक को मिलता था

(24)

निगारख़ाने की अब ख़त्म सब बहार हुई
हज़ूरे शाह दिले-ज़ार[380] की पुकार हुई
अख़ीर हुक्म सुनाने को फिर अजल[381] आई
सज़ाए-मौत दिले-नामुराद ने पाई
वज़ीरे अक़्ल इसी दरमियाँ में आ पहुँचा
वो दिल को बाग़-ओ-बयाबाँ में ढूँढ़ता पहुँचा
ये हाल देख के वो बहे-ग़म[382] में डूब गया
और उसके साथ ही 'इबरत' का भी पता न मिला

सन्दर्भ

1. प्रकृति का सौन्दर्य 2. वास्तव में 3. संयोग 4-6. मनुष्य की खुशी उसकी रुचि पर निर्भर है 7-8. नैतिक जीवन मानवीय प्रकृति के ख़िलाफ़ नहीं 9. मूल स्वभाव 10. प्रकृति 11. मतभेद 12. इन्द्रियाँ 13. मनुष्य का अस्तित्व 14. हालत 15. ऐन्द्रिक 16. मन- मस्तिष्क 17. काल्पनिक स्वप्न 18. प्राकृतिक आयु 19. नीचे 20. पंचभूत में से चार 21. सरंजाम 22. सर्वसाधारण 23. ईश्वरीय ज्योति 24. मृत्यु, विनाश 25. रह-रहकर, घड़ी-घड़ी 26. चिरस्थाई रहने 27. जिगर का टुकड़ा 28. अभिमान 29. प्रेम के वायदे 30. नशा 31. दया और कृपा 32. ओर 33. ग़ैर की बस्ती 34. नासमझ, नादान 35. रूस का एक प्रदेश काकेशिया 36-37. नमू = उगना, बढ़ना आलम = हालत, दृष्टि सीमा तक पेड़ पौधे उगे थे 38. प्रभात समीर 39. पवन 40. हरे-भरे मैदानों 41. फूलों की फ़सिल 42. वाटिका के कोने 43. स्वर्ग 44. माथे 45. प्रकृति 46. चित्रशाला 47. बाग़ की पटरी 48. आश्चर्यचकित 49. खुशी 50. बहस-तकरार 51. अचानक 52. प्रकाश 53. शराब 54. जलता 55. चाँद 56. सूर्य 57. चिनगारी 58. मन की मुराद पूरी करनेवाली पवन 59. दीप, शमा 60. शान शौकत 61. जादू, तिलिस्म का राजा 62. प्रताप ठाठ बाट 63. चीज़ 64. भूमि 65. अनादि काल 66. पवित्र 67. बचती थी 68. वासना का गुलाम 69. अचानक 70. जिसे देख चाँद भी शर्मा जाए 71. हठ 72. नापसन्द 73. बदहवास 74. दीवार की छाया 75. अनुकूल 76. नाज़अन्दाज़ 77. बुरी भावना लेकर 78. चिनगारी बरसाती 79. चैन, शान्ति 80. वृक्ष 81. अनुभवी 82. आशा निराशा 83. बेचैनी 84. सुबह तड़के 85. सूर्य 86. रात 87. बार = भार, दोश = कन्धा, कन्धे पर रख लिया 88. घमंड 89. रणक्षेत्र की ओर 90. बहार पर जान देनेवाला 91. ओर 92. कंघी 93. फूल छिड़क रहा है 94. एकमत हो सब ने बात करने को मुँह खोले 95. पए = लिए, मुक़ाबिले के लिए 96. नौ आकाश 97. अन्दाज़

98. झंडा 99. ओर 100. रणक्षेत्र 101. बिजली के समान 102. हरियाली, हरे-भरे मैदान 103. ढेर 104. तोप, बन्दूक़ 105. निराशपूर्ण 106. नज़्ज़ारा = दृश्य, नज़्ज़ारगी = देखने 107. भारी सेना 108. सचेत 109. हदफ़ = निशाना बला = ग़ज़ब, ग़ज़ब का निशाना 110. मलीन 111. चैन 112. रणक्षेत्र 113. परेशानी 114. पतझड़ 115. खिला, फूलाफला 116. बात 117. परेशान, उड़ा-उड़ा-सा 118. ईश्वर न करे 119. हानि 120. धूल 121. मुक़ाबले में लड़ना 122. हार और जीत 123. शान शौकत 124. बुद्धि का कार्य 125. चेतना की माँग 126. उपेक्षा 127. झगड़े, शरारत 128. नियुक्त 129. सलाह 130. सारांश यह कि, क़िस्से का सार 131. राय देनेवालों की सलाह 132. काली रात 133. आकाश 134. मुर्दा के समान, न होने के समान 135. सृष्टि 136. उपेक्षा 137. दुश्मन 138. दिल-जिगर 139. वासना की पूर्ति करना 140. मृगजाल, झूठे सुख की आशाएँ दिलाना 141. परेशानी 142. चिन्ता 143. पददलित 144. तग़ाफ़ुल के हाथ में अधिकार आया 145. अपने से लड़नेवाले ग़म 146. लानत, धिक्कारने योग्य 147. कमीने 148. दिल फाड़नेवाला ग़म 149. बरबाद 150. भाग्य 151. हे ईश्वर 152. प्रातःकाल 153. रणक्षेत्र 154. पता 155. चमकने 156. घेरा 157. पर्वत 158. क़ैद 159. पागलपन 160. ख़राब हाल 161. पागलपन 162. प्यारे 163. खो जाने 164. आत्मा 165. प्राकृतिक प्रेम 166. आँसू बहाने लगी 167. पराजय 168. जिगर के टुकड़े 169. सन्तोष दिलानेवाली 170. आवाज़ 171. भाग्य, परीक्षा का क्लेश 172. पुत्र सन्तान 173. दिल के कोने 174. सम्बन्ध, लगाव 175. निहित 176. जान का पैवन्द 177. कहानी लम्बी हो गई 178. लम्बी आयु 179. अन्न-जल में खो गया 180. रुदन 181. शाही महल 182. बादशाह के शुभचिन्तक 183. हुज़ूर का, बादशाह का ग़म, रंज 184. सब्र, सन्तोष की शरण में था 185. भली नहीं लगती थी 186. हरे-भरे मैदानों 187. उलझन, परेशानी 188. सहानुभूति रखनेवालों 189. दुर्भाग्य 190. मेलज़ोल 191. भाग्य की पहुँच न होने के शिकवे, शिकायतें 192. आकाश के चक्र 193. राय देनेवाला सलाहकार 194. तदबीरवाला, बुद्धिमान 195. बिखरे हुए हैं 196. तुरन्त 197. आत्मा के निवास स्थान 198. सजल नेत्रों के साथ 199. फ़रियाद, रुदन 200. रस्सी, जिसके सहारे ऊपर चढ़ते हैं 201. तसल्ली देने के लिए 202. जान को, आत्मा को घुलानेवाला 203. मनोहर संगीत 204. आकाश 205. आनन्द 206. एक जगह होते 207. अच्छे भाग्य की छाया 208. चाँद जैसी 209. स्वर्ग 210. विश्वासघात 211. आशा निराशा 212. मृगतृष्णा 213. पानी की लहर 214. वियोग 215. काले 216. सूर्य और चाँद 217. ढाढ़स 218. पता लगाने के लिए 219. अभिमान 220. पत्थर 221. आहें खींचना और रुदन करना बन्द कर दिया 222. गम्भीरता से 223. खुशी 224. दैवी रूप से, गुप्त रूप से 225. पथप्रदर्शन 226. शान्ति 227. फूट 228. पाँचों इन्द्रियाँ 229. भूत-प्रेतों से 230. अपराधों 231. तमीज़दार, शिष्ट 232. ईश्वरीय चमत्कार 233. प्यारा, ईश्वरीय देन 234. ध्वज 235. रंज 236. सच्चा राज्य करने से 237. कसर 238. अँधेरी 239. टुकड़े-टुकड़े 240. भेद प्रकट किया 241. आराम की जगह 242. ख़राबी 243. निराशा 244. ग़ैर की बस्ती 245. ग़रीबी 246. चोरों, डाकुओं 247. जंगल 248. अफ़सोस 249. बहार का प्रेमी, बहार पर जान देनेवाला 250. बसन्त

का निमन्त्रण 251. बैठक 252. भयभीत 253. चिन्ताओं, 254. यात्रा की आशंका 255. ईश्वर प्रार्थना 256. बड़ों छोटों, प्राणीमात्र 257. विचार, कल्पना 258. वाद-विवाद, बहस तकरार 259. कहानी की टीका, व्याख्या 260. तुझ से लाभ उठाया है 261. तिलिस्म जादू, तमाशे 262. कन्धे 263. हिंसक पशु 264. शान्ति 265. भिखारी 266. मुश्त = मुट्ठी, ख़ाक = मिट्टी, मुट्ठी भर मिट्टी 267. सदा, हर समय 268. आशा, निराशा 269. कुरते का गला 270. सुख सम्वाद सुनकर 271. चेतना और बुद्धि 272. धूम-धाम 273. ईश्वरोपासना 274. छाती 275. परेशानी, उलझन 276. नौका 277. परिचितों की पूजा 278. मृत्युलोक 279. संक्षिप्त 280. सिवाय 281. पैदा हुई 282. क़ुदरत रखनेवाला, सर्वशक्तिमान 283. हिलोरें लेता 284. सूर्य 285. प्रकट 286. सूर्य और चाँद 287. दर्शन स्थान 288. आकाश से ऊँचा 289. नक़्श और चित्र 290. प्रकट और गुप्त 291. गुणों 292. कृपा 293. पालनहार 294. विद्वत्ता के नाखून 295. व्याकुलता 296. सगे सम्बन्धी 297. निराशा की भीड़ 298. प्रसन्न, फलीभूत 299. दयालु ईश्वर के दरबार 300. प्राणीमात्र 301. पतन 302. प्रकट 303. सलामती से 304. पवन 305. सोए भाग्य 306. नशा 307. ज़िन्दगी 308. प्रकाश, ज्योतिम डूब गया 309. अंकित 310. समा गया 311. जीविका के विचार 312. चिन्ता की हवा 313. किरनों 314. पक्षी 315. प्रार्थना 316. गर्म, तपता 317. देर 318. शुभ 319. लम्बा 320. पराई बस्ती 321. छाती पिघलानेवाला 322. राजभवन 323. संसार के बादशाह पर जान देनेवाले 324. युद्ध और राग रंग 325. हर समय निर्भर 326. ऊँच-नीच 327. असमर्थ 328. कार्यकर्त्ता 329. निर्द या नर्द चौसर की गोट को कहते हैं 330. खींचातानी के जंगल 331. दाना पानी 332. राज़महल 333. मलिका के महल 334. भीड़ लगाकर 335. पंक्तिबद्ध हो 336. पाँव से सिर तक 337. घोड़ा 338. सुबक चाल, हलकी चाल चलनेवाला 339. तेज़ चलनेवाला 340. मील 341. शानशौकत ठाठबाट 342. विजय 343. वार्तालाप करने लगा 344. काम की महफ़िल, कार्य की सभा 345. छोटे बड़े 346. जमकर, जगह लेकर 347. किरनें 348. शोकाकुल 349. दिल के वियोग 350. रोने धोने 351. आँसू की वर्षा की लहर में 352. पुत्र 353. बोलने के लिए ज़बान 354. सिंहासनारूढ़ 355. सभा 356. भारी भीड़ के बीच 357. सभा में एकत्रित लोगों से बात करने को मुँह खोला 358. अहोभाग्य 359. रानी, मलका के नगर के सज्जन नागरिक 360. प्रतिद्वन्द्वी 361. व्यथा 362. व्यर्थ 363. फैलाव, उदारता 364. गुलामी से इनकार न करे 365. प्रजा और रानी 366. पेड़ 367. स्वास्थ्यप्रद 368. फलदार 369. तर 370. कँटीला 371. हिरन 372. मधुर बोलियाँ बोलने वाले पक्षी 373. एकता 374. एक चिड़िया 375. चाँद के प्रेम में 376. प्रकृति के सौन्दर्य 377. हाल, विवरण 378. नई घटना घटती थी 379. कार्य 380. बेचारे दिल की 381. मृत्यु 382. दुख-सागर।

गोरे-ग़रीबाँ

अल्लामा तबातबाई

अलीगढ़ में जिन लोगों ने अंजुमन तरक़्की उर्दू की नींव डाली उन्होंने शायरों को दूसरी किस्म की नज़्मों की तरफ़ मुतवज्जह करने के लिए यह एक प्रशंसनीय सुझाव पेश किया कि अंग्रेज़ी नज़्मों का अनुवाद करके उर्दू भाषा के ग़ज़ल कहनेवालों के सामने पेश किया जाए और उन सब नज़्मों में पहले वह मर्सिया अनूदित करने के लिए चुना जो इंगलैंड के नामी कवि ग्रे (Gray) ने देहातियों के क़ब्रिस्तान के ऊपर पढ़ा था। उसका अनुवाद अंजुमने-उर्दू के अनेक मेम्बरों ने किया लेकिन अस्वीकृत कर दिया गया। ग्रे ने जो नक़शा खींचा था वह उर्दू में किसी से नहीं खिंच सका। अन्त में मौलवी गुलामुस्सक़लैन बी.ए. मरहूम का अनुवाद गद्य में छापा गया। उसकी कापियाँ हैदराबाद के उर्दू के शुभचिन्तकों के पास भी भेजी गईं जिनमें मौलवी अज़ीज़ मिर्ज़ा साहब मरहूम बी.ए., जो एक प्रसिद्ध और जोश से भरे हुए साहित्यकार थे, उसका अनुवाद गद्य में देखकर बहुत प्रसन्न हुए और यहाँ के बहुतेरे शायरों को वह गद्य देकर नज्म़ कर देने की फ़र्माइश की। लोगों ने नज़्म में उन विषयों को बाँधा लेकिन ग्रे के मुक़ाबिले में पूरे न उतरे। आख़िर इस मर्सिया के अनुवाद से सब लोग निराश हो गए, और यह मालूम हुआ कि शेर का शेर में अनुवाद एक बहुत कठिन काम है। यह ऐसे शख़्स का काम है जिसे साफ़ निखरी-सुधरी भाषा के नोक-पलक[1] पर अधिकार हो और उसके साथ ही कविता पर भी पूरा-पूरा अधिकार हो। सबकी आँख अल्लामा तबातबाई पर पड़ती थी। उनसे फ़र्माइश की गई और उन्होंने इस फ़र्माइश को बड़ी सुन्दरता के साथ पूरा किया।

---

1. नाक और कान की ख़ूबसूरती बहुधा नख शिख में शामिल है।

मौलवी अज़ीज़ मिर्ज़ा मरहूम ने उस अनुवाद के परखने के लिए उर्दू के शुभचिन्तकों का एक सम्मेलन बुलाया जिसमें उर्दू के अनेक पंडित और अलीगढ़ कालेज के ग्रेजुएट शामिल थे। पहले ग्रे का एक-एक बन्द पढ़ा जाता था, फिर उसका अनुवाद आलोचना के लिए पेश किया जाता था। सारे अदीब और साहित्य-प्रेमी इस महफ़िल से सन्तुष्ट होकर उठे। मौलवी अब्दुल हलीम साहब 'शरर' और मि. ज़फ़र अली ख़ाँ बी.ए. दोनों मुल्क के बड़े साहित्यिक भी इस बैठक में शरीक थे। उन्होंने चाहा कि मासिक 'दिलगुदाज़' और 'दकन रिव्यू' में इसे छापें। मौलाना 'शरर' ने अल्लामा तबातबाई से इजाज़त लेकर सबसे पहले 'दिलगुदाज़' में ग्रे के जीवन का एक विस्तृत विवरण देकर इस 'फ़िकरा' के साथ शाया किया कि हम 'अल्लामए वाजिबुत्ताज़ीम मौलवी अली हैदर साहब तबातबाई का तर्जुमा पब्लिक में पेश करते हैं।' इस अनुवाद के छपने के बाद बहुत लोगों ने ज़बानी याद किया। कुछ लोगों ने सुन्दर लिखनेवालों से लिखवाकर फ्रेम में लगवा दिया। यहाँ तक कि हिन्दुस्तान के एक विद्वान ने इंगलैंड के शाही मदरसा 'अमेटन कालेज' (ग्रे जहाँ का प्रोफ़ेसर था) में इस नज़्म को एक सुनहरी फ्रेम में लगा हुआ देखा और उसको इसके बयान के जादू पर निहायत हैरत हुई। उन्होंने इंगलैंड से रिसाला 'असमत' दिल्ली में इस अनुवाद की बड़ी प्रशंसा की। उनका यह कथन है कि "जिस तरह इंगलैंडवालों को इस नज़्म पर नाज़ है उसी तरह मौलवी तबातबाई के इस तर्जुमा पर ज़बानेउर्दू को हमेशा नाज़ रहेगा—रऊफ़।"

रऊफ़ साहब के इस कथन को नक़ल करके 'असमत' में इस नज़्म को फिर छापा गया था। इस अनुवाद में तबातबाई साहब ने इस दृष्टिकोण का हमेशा ख़याल रखा है कि कविता का रूप (Form) कविता पर काफ़ी असर डालता है, उस रूप को उन्होंने अपने अनुवाद में सुरक्षित रखा है और उर्दू में स्टैंज़ा (Stanza) लिखने का चलन इस अनुवाद के बाद से शुरू होता है और अब तो बहुत लोग इस रास्ते पर चल रहे हैं। और लोगों ने जो अनुवाद किए थे किसी ने मसनवी को अपनाया और किसी ने क़ता वग़ैरह की सूरत में ढाला था। उर्दू में स्टैंज़ा कहने के अगुआ अल्लामा तबातबाई हुए।

ग्रे ईसाइयों के कफ़न-दफ़न में जो रस्में होती हैं उनकी तरफ़ इशारा करता है जो दुआएँ पढ़ी जाती हैं, उनका नाम लेता है। मौलाना ने चराग़ाँ और सन्दल और कलमा शहादत, फ़ातहा और क़ुरान का अनुवाद करके किस क़दर उसमें अपनत्व भर दिया।

ग्रे ख़ाक के नीचे सोनेवालों को कभी मिल्टन कहता है कभी क्रामवेल।

फ़र्क़ यह बताता है कि इनकी प्रसिद्धि नहीं होने पाई और इनके दामन पर हमवतनों के ख़ून का धब्बा नहीं लगने पाया। मौलाना ने इस रूपक को इस तरह उलट दिया—

वो फ़िरदौसी ये हैं जिनकी ज़बाँ खुलने नहीं पाई
वो रुस्तम हैं नहीं सोहराब का ख़ूँ जिनकी गर्दन पर

यहाँ अगर मिल्टन और क्रामवेल का नाम लेते तो यह लुत्फ़ न पैदा होता। अक्सर जगह ज़बान की खूबी और नज़्म की खुश अस्लूबी (आकर्षक शैली) ग्रे को दाद देने के लिए पुकार रही है। कहते हैं—

न ज़ोरे-मरदम आज़ारी न शोरे फ़ितना अंग्रेज़ी
न की ख़लके-खुदा के साथ बेरहमी वो ख़ूँरेज़ी

एक बूढ़े किसान की तक़रीर देखिए—

वो कुछ कम दिन रहे उसका लंबेजू की तरफ़ जाना
वो उसका मुस्कराना, देखकर शोर आबशारों में
तुम्हें पढ़ना तो आता होगा आओ पास से देखो
ये उसकी क़ब्र है और ये किताबा संगे तुरबत का

बाज़ शेर ऐसे हैं जिनकी तारीफ़ के लिए लफ़्ज़ नहीं मिलते—

दिया दस्ते-तही के साथ तीनत में करम यारब
मैं तेरी शान के क़ुर्बान क्या अच्छी तलाफ़ीकी

और इस नज़्म के क़बूल होने की बड़ी वजह यही मालूम होती है कि यह तर्जुमा, तर्जुमा नहीं मालूम होता बल्कि उर्दू की एक निहायत पवित्र नज़्म मालूम होती है फिर भी इसका लुत्फ़ ग्रे की नज़्म का मुक़ाबला करने में ज़्यादातर मिलता है और अंग्रेज़ी के विद्यार्थियों के लिए इससे अनुवाद करने का तरीक़ा मालूम होता है। इस वजह से हमने ग्रे के हर बन्द के नीचे मौलानाए मौसूफ़ का बन्द लिखा है।

ELEGY WRITTEN IN A COUNTRY CHURCHYARD

The curfew tolls the knell of parting day,
The lowing herd winds slowly o'er the lea,
The plowman homeward plods his weary way,
And leaves the world to darkness and to me.

गोरे-ग़रीबाँ

(क़ब्रिस्तान)

विदाए-रोज़े-रोशन है गजर शामे ग़रीबाँ का
चरागाहों से पलटे क़ाफ़िले वो बेज़बानों के
क़दम घर की तरफ़ किस शौक़ से उठता है दहक़ाँका[1]
ये वीराना है मैं हूँ और तायर[2] आशियानों के

(2)

Now fades the glimmering landscape on the sight,
And all the air a solemn stillness holds,
Save where the beetle wheels his droning flight,
And all the air a solemn stillness holds,

अँधेरा छा गया दुनिया नज़र से छिपती जाती है
जिधर देखो उठाकर आँख उधर एक हू[3] का है आलम
मगस[4] लेकिन किसी जा भैरवीं बेवक़्त गाती है
जरस[5] की दूर से आवाज़ आती है कभी पैहम[6]

(3)

Save that, from yonder ivy-mantled tow'r,
The moping owl does to the moon complain,
Of such as, wand'ring near her secret bow'r,
Molest her ancient solitary reign.

कहीं एक गुम्बदे-कुहना पै बूमे-ख़ानुमाँ वीराँ[7]
फ़लक को देखकर शिकवों का दफ़्तर बाज़[8] करता है
कि दुनिया से अलग एक गोशये-उज़लत[9] में हूँ पिनहाँ[10]
कोई फिर क्यों क़दम इस कुंजे-तनहाई में धरता है

(4)

Beneath those rugged elms, that yew-trees shade,
Where heaves the turf in many a mouldring heap,
Each in his narrow cell for ever laid,
The rude forefathers of the hamlet sleep.

क़तार एक सामने है मौलसिरियों के दरख़्तों की
वहाँ क़ब्रें हैं कुछ मिट्टी के जैसे ढेर होते हैं
हर एक ने मर के बस दो गज़ कफ़न गज़ भर ज़मीं पाई
बसानेवाले जो इस गाँव के थे सब वो सोते हैं

(5)

The breezy call of incense-breathing Morn,
The swallow twitt'ring from the strawbuilt shed,
The cock's shrill clarion, or the echoing horn,
No more shall rouse them from their lowly bed.

नफ़स बादे-सहर[11] का नालए-पुरदर्द बुलबुल का[12]
हुए बेकार सब इनको उठा सकता नहीं कोई
रही बेफ़ायदा मस्तों की हू हक़ शोर क़ुलक़ुल[13] का
हैं ऐसे नींद के माते जगा सकता नहीं कोई

(6)

For them no more the blazing hearth shall burn,
Or busy housewife ply her evening care;
No children run to lisp their sire's return,
Or climb his knees the envied kiss to share.

न चूल्हे आग है रोशन न अब उनके घड़े पानी
न घरवालों को अब कुछ काम है फ़िक्रे शबिस्ताँ[14] से
न बीवी को सरे-शाम इन्तज़ार अब है न हैरानी
न बच्चे दौड़ते हैं अब कि लिपटें आके दामाँ से

(7)

Oft did the harvest to their sickle yield,
Their furrow oft the stubborn glebe has broke;
How jocund did they drive their team afield !
How bow'd the woods beneath their sturdy stroke !

वही हैं ये जिन्हें वक़्ते-दरो[15] मुहलत न थी दम भर
वही हैं हाथ चलते रहते ही थे बेश्तर जिनके
वही हैं ये जिन्होंने हल चलाए गीत गा-गाकर
बड़े सरक़श दरख़्तों को गिराते थे तबर जिनके

(8)

Let not Ambition mock their useful toil,
Their homely joys, and destiny obscure;
Nor Grandeur hear with a disdainful smile
The short and simple annals of the poor.

न देखें हाल उन लोगों का ज़िल्लत की निगाहों से
भरा है जिनके सर में गुरुए नव्वाबी-ओ-ख़ानी[16]
ये उनका कासए-सर कह रहा है कजकुलाहों[17] से
अजब नादान हैं जिनको है उज्बे-ताजे-सुल्तानी[18]

(9)

The boast of heraldry, the pomp of pow'r,
And all that beauty, all that wealth e'er gave,
Await alike th' inevitable hour,
The paths of glory lead but to the grave.

नहीं शायान फ़ख्र-ओ-नाज़ नौबत और नक़्क़ारा
जो नाज़ाँ जाह-ओ-सरवत[19] पर हैं उन पर मौत हँसती है
वो साअत आनेवाली है नहीं जिससे कोई चारा
कि फ़ानी है जहाँ हर औज[20] का अंजाम पस्ती है

(10)

Nor you, ye Proud, impute to these the fault,
It Mem'ry o'er their tomb no trophies raise,
Where thro' the long-drawn isle and fretted vault
The pealing anthem swells the note of praise.

नज़र आते नहीं कतबे मज़ारों पर तो क्या ग़म है
चराग़ाँ और सन्दल और गुल-ओ-रेहाँ न हो तो क्या
नहीं नमगीरा और किमख़्वाब की चादर तो क्या ग़म है
जो खुश आहंग[21] कोई क़ारिये-क़ुरआँ[22] न हो तो क्या

(11)

Can storied urn, or animated bust,
Back to its mansion call the fleeting breath ?
Can Honour's voice provoke the silent dust,
or Flatt'ry sooth the dull cold ear of Death ?

बनाते हूबहू तस्वीर अगर मदफ़न[23] पै रखने को
पलटकर उससे कुछ निकली हुई साँस आ नहीं सकती
दुआ हो फ़ातहा हो मर्सिया हो आह-ओ-ज़ारी हो
कोई आवाज़ उनके कान तक अब जा नहीं सकती

(12)

Perhaps in this neglected spot is laid
    Some heart once pregnant with celestial fire;
Hands, that the rod of empire might have sway'd,
    Or Wak'd to extasy the living lyre.

ख़ुदा जाने थे इन लोगों में क्या-क्या जौहरे-क़ाबिल
ख़ुदा मालूम रखते होंगे ये ज़ेह्ने-रसा[24] कैसे
ख़ुदा ही को ख़बर है कैसे-कैसे होंगे साहबदिल
ख़ुदा मालूम होंगे बाज़ुए-ज़ोर-आज़मा[25] कैसे

(13)

But Knowledge to their eyes her ample page
    Rich with the spoils of time did ne'er unroll;
Chill Penury repress'd their noble rage,
    And froze the genial current of the soul.

ज़माना ने मगर कोई वरक़ ऐसा नहीं उलटा
कि बारे-फ़िक्र[26] से मुहलत ये पाते सर उठाने की
मुसीबत ने तबीअत की रवानी को किया पस्पा[27]
कि बार आने न पाई जौहरे ज़ाती दिखाने की

(14)

Full many a gem of purest ray serene
    The dark unfathom'd caves of ocean bear :
Full many a flower is born to blush unseen,
    And waste its sweetness on the desert air.

बहुत से गौहरे-शहवार[28] बाक़ी रह गए होंगे
कि जिनकी ख़ूबियाँ सब मिट गईं तह में समुन्दर की
हज़ारों फूल दश्त-ओ-दर में ऐसे भी खिले होंगे
कि जिनके मुस्कराने में थी ख़ुशबू मुश्के-अज़फ़र[29] की

(15)

Some village-Hampden, that, with dauntless breast,
The little Tyrant of his fields withstood,
Some mute inglorious Milton here may rest,
Some Cromwell guiltless of his country's blood.

ये साहब अज़्म[30] हैं गो रज़्म[31] की नौबत नहीं आई
हकूमत अपने क़रिया में की लेकिन दोस्त दुश्मन पर
वो फ़िरदौसी ये हैं जिनकी ज़बाँ खुलने नहीं पाई
वो रुस्तम हैं नहीं सोहराब का ख़ूँ जिनकी गर्दन पर

(16)

Th'applause of list'ning senates to command,
The threats of pain and ruin to despise,
To scatter plenty o'er a smiling land,
And read their hist'ry in a nation's eyes.

मुक़द्दर ने उन्हें मसरूफ़ रक्खा क़ल्बारानी[32] में
वगरना[33] हुक्मरानी का भी जलवा ये दिखा देते
अजब क्या शोहरए-आफ़ाक़[34] होते खुश बयानी में
और अपने कारनामे अह्ले-आलम[35] को सुना देते

(17)

Their lot forbade : nor circumscrib'd alone
Their growing virtues, but their crimes confin'd;
Forbade to wade thro' slaughter to a throne,
And shut the gates of mercy on mankid.

रहे महरूम नेकी से बचे हर एक बुराई से
न ज़ोरे मरदुम आज़ारी[36] न शोरे-फ़ितना-अंगेज़ी[37]
न दौलत की तमअ[38] में बेगुनाहों के गले काटे
न की ख़ल्क़े-खुदा[39] के साथ बेरहमी-ओ-ख़ूँरेज़ी[40]

(18)

The struggling pangs of conscious truth to hide,
To quench the blushes of ingenuous shame,
Or heap the shrine of Luxury and Pride
With incense kindled at the Muse's flame.

न सोहबत में अमीरों की कभी ख़ूने-जिगर खाया
न औटाया लहू अपना कभी झूठी ख़ुशामद से
न मलकर रोग़ने-क़ाज़ आतिशे-नख़वत को भड़काया[41]
कि जिससे ख़ुदपसन्दों का तबख़्तर[42] बढ़ चले हद से

(19)

Far from the madding crowd's ignoble strife,
Their sober wishes never learn'd to stray;
Along the cool sequester'd vale of life
They kept the noiseless tenor of their way.

अलग हर नेक-ओ-बद से दूर दुनिया की मकायद[43] से
गए बेगानावार[44] और ख़ल्क़ में बेगानावार आए
रहे महफ़ूज़[45] अबनाए ज़माना के मफ़ासद[46] से
क़दम राहे-तवक्कल[47] से कभी डिगने नहीं पाए

(20)

yet ev'n these bones from insult to protect
Some frail memorial still erected nigh,
With uncouth rhimes and shameless sculpture deck'd,
Implores the passing tribute of a sigh.

न देख इन अस्तख़्वाँहाए-शिकस्ता[48] को हिक़ारत[49] से
ये है गोरे-ग़रीबाँ एक नज़र हसरत से करता जा
निकलता है ये मतलब लौहे-तुरबत[50] की इबारत से
जो इस रस्ते गुज़रता है तो ठंडी साँस भरता जा

(21)

Their name, their years, spelt by th' unletter'd Muse,
The place of fame and elegy supply :
And many a holy text around she strews,
That teach the rustic moralist to die.

लिखे हैं नाम इन क़ब्रों पै गो कावाक[51] हर्फ़ों में
मगर भूले हुए को ठीक रस्ता ये बताते हैं
ज़ियादा इससे बढ़कर और क्या होगा अगर सोचें
कि जो मरने से नावाक़िफ़ हैं रस्ता सीख जाते हैं

(22)

For who, to dumb Forgetfulness a prey,
This pleasing anxious being e'er resign'd,
Left the warm precincts of the cheerful day,
Nor cast one longing ling'ring look behind ?

जो आया है जहाँ में याँ से जाना है उसे एक दिन
ये होना है कोई चाहेगा दिल से या न चाहेगा
मगर जाते हुए फिरकर न देखे यह नहीं मुमकिन
दिलों से याद भी मिट जाए ये हाशा[52] न चाहेगा

(23)

On some fond breast the parting soul relies,
Some pious drops the closing eye requires;
Ev'n from the tomb the voice of Nature cries,
ev'n in our ashes live their wonted fires.

कोई ज़ानू[53] किसी का ढूँढ़ता है दम निकलने को
कि देखे अश्क गिरते चाहनेवाले के दामन में
किसी की है ये ख़्वाहिश दोस्त काँधा दें जनाज़े को
फिर उस पर फ़ातेहा की आरज़ू है कुंजे-मदफ़न[54] में

(24)

For thee who mindful of th' unhonour'd Dead
Dost in these lines their artless tales relate;
If chance by lonely Contemplation led,
Some kindred spirit shall inquire thy fate,

हक़ीक़त ग़ौर से देखी जो इन सब मरनेवालों की
तो ऐसा ही नज़र आने लगा अंजामकार अपना
उन्हीं की तरह जैसे मिल गए हैं ख़ाक में हम भी
यूँ ही पुरसाने-हाल[55] आ निकला है एक दोस्तदार अपना

(25)

Haply some hoary-headed swain may say,
"Oft have we seen him at the peep of dawn,
Brushing with hasty steps the dews away,
To Meet the sun upon the upland lawn.

ये उससे एक दहक़ाने-कोहनसाल[56] आके कहता है
कि हाँ हाँ खूब हम वाक़िफ़ हैं देखा है उसे अक्सर
फिर इसके बाद दिल ही दिल में कुछ ग़म खाके कहता है
कि अब तक फिरता है आँखों में फिरना उसका सब्ज़ा पर

(26)

"There at the foot of yonder nodding beech
That wreathes its old fantastic roots so, high,
His listless length at noontide would he stretch,
And pore upon the brook that babbles by.

वो उसका नूर के तड़के इधर गुलगश्त[57] को आना
वो पौ फटने से पहले आ के फिरना सब्ज़ाज़ारों में
वो कुछ कम दिन रहे उसका लबे-जू-की[58] तरफ़ जाना
वो उसका मुस्कराना देखकर शोर आबशारों[59] में

(27)

"Hard by yon wood, now smiling as in scorn,
Mutt'ring his wayward fancies he would rove;
Now drooping, woeful wan, like one forlorn,
Or craz'd with care, or cross'd in hopeless love.

कभी ऐसी हँसी लब पर कि ज़ाहिर जिससे कुछ नफ़रत
और उसके साथ ही कुछ ज़ेरे-लब कहते हुए जाना
कभी त्योरी चढ़ाई, मुँह बनाए रंज की तस्वीर
कि जैसे दिल पै सद्मा है ज़बाँ जिससे है बेगाना

(28)

"One morn I miss'd him on the custom'd hill,
Along the heath and near his fav'rite tree;
Another came; nor yet beside the rill,
Nor up the lawn, nor at the wood was he;

ग़रज़ क्या-क्या कहूँ एक रोज़ का ये ज़िक्र है साहब
कि इस मैदाँ में फिरते सुब्हदम उसको नहीं देखा
हुआ फिर दूसरा दिन और नज़र से वो हुआ ग़ायब
ख़याबाँ[60] में उसे पाया न दरिया पर कहीं देखा

(29)

"The next, with dirges due in sad array
Slow thro' the church-way path we saw him born-
Approach and read (for thou canst read) the lay
Grav'd on the stone beneath you aged thorn."

फिर उसके तीसरे दिन देखता क्या हूँ जनाज़े को
लिए आते हैं सब पढ़ते हुए कलमा शहादत का[61]
तुम्हें पढ़ना तो आता होगा आओ पास से देखो
ये इसकी क़ब्र है और ये किताबा संगे-तुरबत[62] का

(30)

Here rests his head upon the lap of earth,
A youth to Fortune and to Fame unknown :
Fair Science frown'd not on his humble birth,
And Melancholy mark'd him for her own.

अब आग़ोशे-लहद[63] में सो रहा है चैन से कैसा
गया अफ़सोस लेकिन ये जवाँ नाकाम दुनिया से
दिखाया जाह-ओ-शोहरत[64] ने न भूले से भी मुँह अपना
फिर ऐसे नामुरादों को भला क्या काम दुनिया से

(31)

Large was his bounty, and his soul sincere,
Heav'n did a recompense as largely send :
He gave to Mis'ry all he had, a tear,
He gained from Heaven ('twas all he wish'd) a friend.

हर एक के दर्द-दुख से इसको रहता था सदा मतलब
हुआ मुमकिन तो यारी की नहीं तो अश्कबारी[65] की
दिया दस्ते-तही[66] के साथ तीनत[67] में करम यारब
मैं तेरी शान के क़ुरबान क्या अच्छी तलाफ़ी[68] की

(32)

No farther seek his merits to disclose,
Or draw his frailties from their dread abode,
(There they alike in trembling hope repose),
The bosom of his father and his God.

खुदा बख़्शे उसे बस दोस्त का रहता था वह जोया[69]
तो निकला दोस्त एक आख़िर खुदावन्दे-करीम उसका
अब उसके नेक-ओ-बद का जिक्र करना ही नहीं अच्छा
कि रोशन है खुदा पर आलमे उम्मीद-ओ-बीम उसका

सन्दर्भ

1. देहाती का 2. पक्षी 3. सन्नाटा 4. मक्खी 5. घंटा 6. बार-बार 7. कुहना= पुराना बूम= उल्लू ख़ानुम वीराँ= वीरान घर, घर बर्बाद और उजाड़ करनेवाला उल्लू किसी पुराने गुम्बद पर बैठा हुआ 8. दफ़्तर खोलता है 9. एकान्त के कोने में 10. छिपा हुआ 11. सुबह की हवा की साँस 12. बुलबुल का दर्द से भरा हुआ रुदन 13. सुराही या किसी पात्र से शराब ढलने में जो आवाज़ होती है 14. सोने की जगह की चिन्ता 15. खेती करने के समय 16. अपनी नवाबी और ख़ानबहादुरी की शान 17. टेढ़ी टोपी—शान बघारनेवाले 18. ताज का घमंड 19. जो अपनी शान और शौकत पर घमंड करते हैं 20. ऊँचाई 21. मीठा स्वरवाला 22. क़ुरान पढ़नेवाला 23. क़ब्र 24. पहुँचवाले—जिसका दिमाग़ दूर तक पहुँचता हो 25. शक्ति परीक्षा के लिए उठनेवाले बाजू 26. चिन्ता के बोझ से 27. दबा दिया 28. बहुत बड़ा मोती 29. कस्तूरी 30. इरादा 31. लड़ाई 32. हल चलाना, खेत जोतना 33. वरना 34. दुनिया में मशहूर 35. दुनियावालों को 36. दूसरों को दुख पहुँचाना 37. झगड़े खड़े करना 38. लालच 39. जनता 40. खून बहाना 41. रोग़नेक़ाज़=मक्खन लगाना आतिशेनख़वत= अभिमान की आग अर्थात् किसी की चापलूसी करके दूसरों के ख़िलाफ़ गुस्सा पैदा करना 42. अभिमान 43. फ़सादों-झगड़ों से 44. बेगाने की तरह 45. सुरक्षित 46. अबनाए= मफ़ासद दुनिया के लोगों के झगड़ों से 47. सन्तोष की 48. अस्थि-पंजर 49. घृणा से 50. क़ब्र पर लगे हुए पत्थर 51. टेढ़े-मेढ़े अक्षरों में 52. क़दापि 53. ज़ानू= जाँघ 54. क़ब्र का कुंज 55. हाल पूछनेवाला 56. बूढ़ा किसान 57. बाग़ में टहलने के लिए 58. तालाब के किनारे 59. झरने 60. बाग़ में 61. सात कलमों में से मुसलमानों का पहला कलमा 62. क़ब्र के पत्थर 63. क़ब्र के आलिंगन में 64. नाम, बड़ाई 65. आँसू बहाना 66. ख़ाली हाथ 67. प्रकृति 68. पूर्ति 69. खोज में।

●●●